Udo Blumer mit Elisabeth Weise und Michael Stahl

HINTER GITTERN GNADE GEFUNDEN

W0067489

UDO BLUMER

MIT ELISABETH WEISE UND MICHAEL STAHL

HINTER GITTERN
GNADE
GEFUNDEN

Udo Blumer mit Elisabeth Weise und Michael Stahl
Hinter Gittern Gnade gefunden

Best.-Nr. 271913
ISBN 978-3-86353-913-9
Christliche Verlagsgesellschaft Dillenburg

Es wurde folgende Bibelübersetzung verwendet:
Schlachter-Übersetzung – Version 2000,
© 2000 Genfer Bibelgesellschaft (SLT)

1. Auflage
© 2024 Christliche Verlagsgesellschaft Dillenburg
www.cv-dillenburg.de

Satz und Umschlaggestaltung:
Christliche Verlagsgesellschaft Dillenburg
Umschlagmotiv: © Pascal Funk / ERF Medien e. V.

Druck: GGP Media GmbH, Pößneck
Printed in Germany

Wenn Sie Rechtschreib- oder Zeichensetzungsfehler
entdeckt haben, können Sie uns gern kontaktieren:
info@cv-dillenburg.de

INHALT

VORWORT
DES VERLAGES

„Bleib in der Spur, Junge. Ich hab dich lieb." Das waren die letzten Worte, die Udo von seinem Vater hörte. Eine einfache, aber tiefgreifende Botschaft. Ein Vermächtnis, das Udo für immer in seinem Herzen trägt – und das wir als herausgebender Verlag nun dankbar in die Hände unserer Leser legen.

Wir laden Sie ein, in den Seiten dieses Buches Udos Geschichte zu entdecken – eine Reise durch Höhen und Tiefen, durch Irrwege und Erkenntnisse. Udo war nicht allein auf diesem Pfad; er fand Führung und Trost in Jesus Christus, der ihm half, die richtige Spur zu finden. Durch die Vergebung, die er beim Herrn Jesus fand, öffnete sich für ihn der Weg zu einem neuen Leben.

Das Ergebnis liegt nun in Ihren Händen – ein Buch, das uns ermutigt, wenn wir mit Zweifeln ringen, kämpfen und uns verloren fühlen. Es spricht Mut zu, dass es nie zu spät ist, die Liebe anzunehmen, die uns durch Jesus Christus angeboten wird. Durch Gottes

Gnade und durch aufrichtige Buße können selbst die größten Sünder eine neue Chance erhalten. Dieses Buch ist eine Einladung, diese Hoffnung anzunehmen und den Weg der Vergebung zu beschreiten, den Gott uns in seiner unendlichen Liebe und Barmherzigkeit anbietet.

In diesem Sinn wünschen wir eine bereichernde Lektüre!

THOMAS KLEINE

Witzhelden/Dillenburg im Frühjahr 2024

UDO BLUMER, THOMAS KLEINE, MICHAEL STAHL

LIEBER LESER,

unzählige Gedanken rasen kreuz und quer durch meinen Kopf. Es ist die Karwoche 2024, und ich sitze zu Hause vor meinem PC und habe eben noch dafür gebetet, die richtigen Worte für dich hier zu schreiben. Ich wurde vom Verlag gebeten, dieses Vorwort zu schreiben. So tippe ich diese Zeilen mitten aus meinem Herzen, hoffentlich direkt in deines. Werde ich dieser großen Sache gerecht? Passt das für die Leute vom Verlag? Passt es für Udo? Und vor allem – passt es für Gott? Der doch diese unglaubliche Geschichte mit Udo schrieb, die in diesem Buch beschrieben ist.

Gott – wie selbstverständlich ich ihn hier erwähne. Gibt es nicht viele Götter? Welchen meine ich hier? Und ist es letztendlich nicht egal, an welchen Gott wir glauben? Nun, ich spreche von dem *einen* Gott. Von dem, der seinen Sohn in diese Welt sandte; der aus Liebe den schwersten Weg ging, den je einer gegangen ist; der trug, was *wir* hätten tragen sollen. Von dem Gott, der sein Leben gab, damit wir leben.

Ja, ich spreche von Jesus Christus! Von dem, der selbst von sich sagte, dass er das Licht dieser Welt ist.

Dieses Licht brachte Licht in das Leben von Udo, in mein Leben und in das Leben von vielen weiteren Millionen von Menschen.

2022 kam der Verlag auf mich zu mit der Bitte um ein gemeinsames Buchprojekt mit Udo. Wohl vor dem Hintergrund meiner eigenen Geschichte. Ich wurde 1970 in einem kleinen schwäbischen Ort geboren. Wir waren im wahrsten Sinne des Wortes bettelarm. Mein Vater war ein stadtbekannter Alkoholiker, der zeit meines Lebens nie zur Arbeit ging. Er nahm mich mit auf seine Betteltouren, und auch dadurch waren wir dem Gespött der Leute ausgesetzt. Gewalt in verschiedenen Formen musste ich zu Hause und in der Schule ertragen. Doch schon als kleiner Bub berichtete mir meine Oma „Elisabetha" von Jesus und seiner unfassbaren Liebe. So fand ich in Kindheitstagen Halt bei Oma und bei Jesus. Als ich 14 Jahre alt war, starb meine geliebte Oma, die im Sterben noch Jesus sah. Das Letzte, was sie mir zuflüsterte, war: „Jesus ist wunderschön." Ihr Blick, ihr Strahlen ließ uns erahnen, dass sie den Himmel offen sah.

Als sie starb, starb vieles in mir. Ein großer Halt meines Lebens brach weg. Ich rebellierte und zog mein Ding ohne Jesus durch. Ich verstrickte mich mehr und mehr in den Kampfsport, vielleicht weil mein Leben ein Kampf war. Ich leitete einen Sicherheitsdienst, wohl aus der Sehnsucht nach Anerkennung und Sicherheit heraus. Jesus wurde zur Nebensache degradiert. Was wirklich wichtig war, vernachlässigte ich. Ich wollte es der Welt und vor allem meinem alkoholkranken Vater zeigen, dass aus mir, entgegen seinen Aussagen wie „Du bist nichts", „Du kannst nichts" oder „Aus dir wird nie etwas" etwas werden konnte. Aus diesem katastrophalen Antrieb heraus vernachlässigte ich meine Familie, also meine erste Frau und meinen Sohn. Nach außen hin schien ich hart und erfolgreich zu sein. Ich wurde Bodyguard von vielen Stars und war zu Gast auf vielen Events, doch mein Herz war zerbrochen und leer. Ich habe so vieles zerstört. Ja, verletzte Menschen verletzen Menschen. Niemandem gewährte ich einen Einblick in mein krankes Herz.

Am Tiefpunkt meines Lebens machte ich mich auf den Weg der Versöhnung. Ich beugte mich Gottes Willen und ging 2007 zu meinem alkoholkranken, streitsüchtigen Vater, den ich zuvor nur „Erzeuger" genannt hatte, und sprach ihm bedingungslose Liebe zu. Eigentlich nahm ich an, dass er mich für einen Spinner halten und mich der Tür verweisen würde. Doch es geschah das Unglaubliche: Mein Vater, dieser harte Kerl, der einst auch im Gefängnis gesessen hatte, wurde im Herzen berührt, sodass an diesem Tag alles – wirklich alles – neu wurde. Wir hatten noch fast drei gemeinsame Jahre, in denen er mir aus seinem Herzen berichtete. Er war Jahrgang 1941, ein Kriegskind. Sein Vater, mein Großvater, war viele Jahre im Krieg und in Gefangenschaft gewesen. Nie hatte mein Papa gehört, dass er geliebt war, nie war er in den Arm genommen worden. Auch er hatte Gewalt erfahren müssen.

Mein Opa hat nie über Gefühle gesprochen. Ich durfte ihn die ersten 18 Jahre meines Lebens erleben. Ich glaube, er war bis 1988, bis zum letzten Tag seines Lebens, in Gefangenschaft.

Hätte ich noch einmal die Gelegenheit, ihn zu sehen, würde ich ihn in die Arme schließen, wenn er dies zulassen würde, und ihm sagen: „Opa, ich verstehe und ich liebe dich."

Zu verstehen bedeutet allerdings nicht, einverstanden zu sein. Mir ist wichtig zu betonen, dass niemand das Recht hat, einen Menschen zu verletzen, aber ich kann verstehen, warum manche so sind, wie sie sind.

Während unserer gemeinsamen versöhnten Zeit hörte mein Papa zu trinken auf. Er versöhnte sich mit anderen Menschen und fing an, Jesus zu lieben und ihm zu vertrauen. Oh Mann, so oft habe ich diese Geschichte schon erzählt, und doch kämpfe ich wieder mit den Tränen.

Je mehr ich meinem Papa sagte, dass ich ihn liebe, und je mehr ich ihm das zeigte, desto mehr veränderte sich sein ganzes Wesen. Die Liebe liebte das Schöne aus ihm heraus. Im Juli 2010 ging er in den Himmel. Das Letzte, was er von mir hörte, war, dass ich ihn liebe.

Vier Wochen bevor er starb, bat er mich, unsere Geschichte zu teilen, damit Menschen sich mehr und mehr verstehen und Jesus kennen- und lieben lernen. Das tue ich hiermit.

Seit 1993 gebe ich Kurse und Vorträge zu den Themen Selbstbehauptung und Prävention, und seit der

Versöhnung mit meinem Papa spreche ich offen über mein Herz. Ich habe gelernt, dass Erfolge gar nicht so wichtig sind, sondern dass es viel wertvoller ist, über seine Niederlagen zu berichten, und dass es wahre Stärke ist, über seine Schwächen zu sprechen.

Ein sterbender Alkoholiker sagte mir einst: „Echte Männer können weinen und beten." So wie der Mann aller Männer einst im Garten Gethsemane weinte und betete. Mit der besten Nachricht der Welt, dem Evangelium Jesus Christi, gehe ich zu den Sterbenden, den Gefangenen, den Obdachlosen und Süchtigen und erzähle ihnen, wie sehr Gott sie liebt und dass wir alle zur Freiheit berufen sind.

Und es ist nicht die Tatsache, dass ich Muhammad Ali beschützte, die so manches Herz berührt, nein, es liegt daran, dass Gott mein Scheitern, meine Schuld, meine Verletzungen nimmt und aus all diesem etwas Kostbares entstehen lässt.

Ich wurde gemobbt – also verstehe ich jene, die gemobbt werden.

Ich mobbte andere – also verstehe ich auch die Täter.

Ich war sehr arm – also verstehe ich die Armen.

Ich wurde geschlagen, getreten und bespuckt – also verstehe ich die Verachteten.

Ich habe als Kind eine Menge gestohlen – also verstehe ich die Diebe.

Ich war mit 18 Jahren obdachlos – also verstehe ich die Obdachlosen.

Ich habe als Ehemann und Vater jämmerlich versagt – ich verstehe jene, die sich ähnlich fühlen.

Ich hatte 2018 einen schweren Infarkt und war dem Tod nahe – ich verstehe jene, die in Todesgefahr waren.

Meine jetzige Frau und meine Tochter hatten 2010 einen schrecklichen Autounfall, bei dem ein lieber Mensch sein Leben verlor – also verstehe ich Menschen, die Katastrophen erlebten.

Vielleicht ist es die Summe aus all diesem, weshalb ich gebeten wurde, an Udos Buch mitzuwirken, und es ist mir eine große Ehre.

Ich durfte unzählige Male erleben, was Gottes Liebe und seine unendliche Gnade mit dem Herz eines Menschen machen, wenn wir ihn gewähren lassen, unsere Herzen gesund zu lieben.

Ich habe es auf meinem Herzen, euch noch ganz kurz von zwei Freunden von mir zu berichten, und zwar von Blase und Sebastian:

Blase, der eigentlich Wolfram heißt, aber von allen Blase genannt wird, hat heute, während ich diese Zeilen tippe, Geburtstag. Es ist nicht selbstverständlich, dass er heute seinen 51. Geburtstag feiert. Blase war Intensivstraftäter und seit jungen Jahren Alkoholiker. Er war ein wirklich sehr gefährlicher Mann, der mehrfach inhaftiert wurde und der kaum ein Fest verließ, ohne dass er zuvor die Fäuste hatte fliegen lassen. Auch er lud eines Tages Jesus Christus in sein Herz ein und begann ein neues Leben. Was ich hier beschreibe, war ein Prozess über viele Jahre – wie auch ich noch bis zur letzten Sekunde meines Lebens in diesem Prozess bin. Blase wäre vor ein paar Jahren fast gestorben, doch durch die Gnade Gottes und die

Hilfe von Familie und Freunden wurde er frei von Alkohol, bekannte seine Schuld offen vor Gott und vor den Menschen und fing ein neues Leben an.

Ähnlich wie Sebastian, der heute 40 Jahre alt ist. Er wuchs im Heim auf, geriet schon früh auf die schiefe Bahn und schloss sich einer Gang an. Die Gang wurde zu seiner Familie. Fast acht Jahre seines Lebens verbrachte er im Gefängnis. Er war drogensüchtig, gemeingefährlich und brutal. Nach einer Schlägerei lag er acht Monate lang im Koma. Sein Körper ist gezeichnet von Stich- und Schussverletzungen. Sein engstes Umfeld wurde ermordet, so wie auch sein geliebter Bruder. Vor fünf Jahren bekam Sebastian meine Geschichte in die Hände und nahm mit mir Kontakt auf. Auch hier: Durch die Gnade Gottes und die Hilfe von wunderbaren Menschen wurde er frei von Drogen und fing ein neues Leben an. Aber ich sage euch, Sebastian und ich haben schon eine Menge durch, und es sind sehr heftige Dinge. Wenn man so ein krasses Leben hinter sich hat, fängt man nicht so einfach locker-flockig etwas Neues an. Es sind harte Wege, die wir auch heute noch gehen. Aber Jesus ist da! Sebastian führt heute ein fast normales Leben. Er ist zum ersten Mal richtig verliebt, steht jeden Morgen pünktlich auf, geht zur Arbeit und ist zuverlässig. Das, was er heute verdient, bekam er früher an einem Abend. Aber ehrliche Arbeit und der Lohn daraus fühlen sich ganz anders an.

Warum erzähle ich euch von Blase und Sebastian? Als mich die Abgesandten des Verlages, Tomi und

Hartmut, mit Udo in Bopfingen besuchten, luden wir auch Sebastian und Blase dazu ein.

Ich sage es ein bisschen fromm: Es war eine unglaublich gesegnete Zeit! Udo sprach offen aus seinem Herzen, und auch Sebastian und Blase lockten so manches Detail aus Udo heraus.

Im Geiste sehe ich diese drei Männer vor mir sitzen. Vor mir? Dem Sohn eines Alkoholikers, dem einstigen „Assi", dem Verachteten, dem kleinen Dieb, dem Obdachlosen, dem Möchtegern-Starbodyguard, dem Typen, der Frau und Kind vernachlässigte, dem Mann, der stets auf der Flucht war, dessen Familie Grauenvolles erlebt hatte und der selbst fast gestorben wäre ... Ja, mir saßen diese drei so wunderbaren Burschen gegenüber. Der eine aus dem hohen Norden, der andere aus dem tiefsten Schwabenländle und dazu der kölsche Jung. Drei Männer, die sich nie zuvor begegnet waren und die doch eine Sprache sprachen. Drei Männer, die dem Gekreuzigten begegnet sind, der all ihre Schuld auf sich lud und sie mit Gnade beschenkte. Drei Männer saßen dort, die unzählige Jahre hinter Gittern verbracht hatten und die wahrhaftig frei wurden. Drei Männer, die den Auferstandenen in ihr Herz eingeladen hatten und mit neuem Leben beschenkt wurden.

Ja, ich sehe sie vor mir. Welch ein Wunder, diese drei Kerle an einem Tisch zu sehen. Nicht bei der Essensausgabe in einem Gefängnis, sondern in meiner kleinen, schäbigen Sportschule. Sie unterhielten sich nicht über irgendwelche schmutzigen Geschichten und planten keinen gemeinsamen Bruch, sondern sie erzählten alle mitten aus ihrem Herzen und was Jesus Gutes an und in ihnen getan hat.

„Siehe, ich mache alles neu", versprach Jesus uns allen. Das Geschenk der Gnade ist tatsächlich das größte Geschenk, das ein Mensch erhalten kann, und man kann es sich nicht verdienen, sonst wäre es ja keine Gnade. Es ist ein Geschenk, und ein Geschenk kann man ablehnen oder annehmen. Diese drei Burschen nahmen es an und werden staunen bis in alle Ewigkeit.

Ich wünsche diesem Buch eine große Verbreitung und möchte mich bei allen bedanken, dass sie so viel Vertrauen in mich setzten. Vertrauen in einen Menschen, der so viel Bockmist gebaut hat. Danke dafür! Ich wünsche allen, die dieses Büchlein lesen, dass sie reichlich beschenkt werden, und egal, ob ihr schon Christ seid oder nicht, euch allen wünsche ich (und mir selbst auch), dass wir Jesus immer mehr kennen- und lieben lernen. Er ist die Liebe in Person.

Wer, wenn nicht Jesus, kann aus Typen, wie mein Papa es war, oder wie Sebastian, Blase, Udo und meiner Person neue Menschen machen? Wer außer Jesus bietet uns dieses Geschenk der Gnade an?

Wer außer Jesus gab seine Würde auf, damit wir unsere Würde finden? Wer gab sein Leben, damit wir leben?

Es kann nur einen geben, und es ist einer, der jeden Menschen liebt, als gäbe es sonst keinen auf dieser Welt.

Als ich am 21.2.2018 fast gestorben wäre, war er mein einziger und letzter Zufluchtsort. Zu ihm schrie ich, und er hörte mein Flehen. Es war unbeschreiblich. Jesus war und ist immer da, auch für dich. Ich bin kein Pfarrer, ich *muss* nicht so reden; ich rede so, weil ich es, weil ich IHN so oft erlebte ... Ja, ER lebt, und weil er lebt, sollst auch du leben und frei werden.

Lieber Udo, danke für dein Herz, deine Geschichte, dein Teilen mit dieser Welt. Danke, dass du auch mir dein Vertrauen geschenkt hast. Möge deine Geschichte in die Lebensgeschichte vieler Menschen hineinsprechen. Mögen sie den kennen- und lieben lernen, der uns in unserer Dunkelheit zur Sonne wurde. Dunkelheit kann Licht nicht verdrängen, aber Licht verdrängt die Dunkelheit.

Es war nicht einfach, dieses Buch auf den Weg zu bringen, umso kostbarer nun, dass es viele in den Händen halten werden. Danke, dass du gehorsam warst!

Ach ja, es gab viele Menschen, die Gott sein wollten, aber es gibt nur einen Gott, der Mensch wurde. Arm ist er in einem Stall geboren und arm auf einem Hügel gestorben. Auf einer Müllkippe außerhalb Jerusalems. Ja, außerhalb geboren und auch außerhalb gestorben, um inmitten unserer Herzen zu wohnen.

Was für ein unglaublich wunderbarer Gott, der in seiner Größe beschloss, sich klein zu machen. Der den Leprakranken berührt und Füße wäscht denen, vor denen alle wegliefen ...

Welch eine Liebe! So ein Gott ist wahrhaft einzigartig. Seine Liebe ist einzigartig. Welch ein faszinierendes, einmaliges Liebesgeschenk!

Gnade, Gnade, Gnade ...

Udo wurde mitten im Gefängnis damit beschenkt, hinter Stacheldraht und Gitterstäben wurde er wahrhaft frei durch den Liebhaber und Schöpfer des Lebens; durch den, der Weg, Wahrheit und Leben in einer Person ist.

Jesus – sein Name bedeutet Rettung.

HERZLICHST, EUER MICHAEL STAHL –
ein geretteter, durch Gnade beschenkter Typ,
der einfach nur Jesus lieb hat

UDO BLUMER UND MICHAEL STAHL

Einige Namen wurden zum Schutz der betroffenen Personen geändert.

Robert hatte gerade den Fernseher angeschaltet, als es an der Tür klingelte. „Ich geh schon", rief er seiner Frau zu, die in der Küche mit dem Geschirr hantierte. „Wahrscheinlich ist es die Post." Doch es war nicht die Post. Alle Farbe wich ihm aus dem Gesicht, als er die beiden Männer erkannte, die vor seiner Haustür standen.

„Freut es dich nicht, zwei alte Kumpels wiederzusehen?", fragte einer der beiden sarkastisch. Robert wollte schnell die Tür zuschlagen, doch der Kleinere hatte bereits seinen Fuß in den Spalt gestellt. Wenige Sekunden später war die Haustür geschlossen, und Robert wurde brutal an die Wand des Flurs gedrückt. Einer der beiden verdrehte ihm den Arm und kam mit dem Gesicht ganz nahe an das seine. „Hat die Aktion mit dem Kies im Vorgarten nicht gereicht?", flüsterte der tätowierte Mann drohend, während er Roberts Arm fester nach oben drehte. „Und hat sich deine Frau nicht genug erschreckt, als das Beerdigungsinstitut geklingelt hat, um deine Leiche abzuholen?" – „Was wollt ihr?", stieß Robert heiser hervor. „Das weißt du ganz genau", sagte der andere Mann ruhig, „du hast immer noch nicht bezahlt."

Schritte näherten sich. „Warum kommst du nicht rein? Es wird kalt!", hörten sie eine Frauenstimme rufen. Kurz danach ein schrilles Kreischen. Die Männer stießen Robert ins Wohnzimmer. „Hau ab", herrschte einer die Frau an, „sonst kommst du auch noch dran!" Die Frau floh schreiend in die Küche, hockte sich unter den Tisch und nahm ihre beiden

Kinder in den Arm, die weinend zu ihr gelaufen waren. „Lassen Sie meinen Mann in Ruhe!", schrie sie verzweifelt. „Lassen Sie ihn doch einfach in Ruhe!" Doch das taten die beiden nicht. Als der Besuch beendet war, war Roberts Blut auf dem Boden. Und das verlangte Geld in der Tasche der Eintreiber. Einer dieser beiden hieß Udo.

ANKOMMEN

Köln–Sülz, Oktober 1965

Das Baby schlief fest, als die Leiterin des Kinderheimes es mitsamt dem Kissen, auf dem es lag, der jungen Frau behutsam in den Arm legte. „Ich freue mich für den Kleinen, dass er so eine gute Pflegemama bekommt", sagte sie und lächelte. „Und natürlich auch so einen guten Pflegevater", fügte sie hinzu und sah den hochgewachsenen blonden Mann an, der eine Hand auf die Schulter seiner Frau gelegt hatte und aufmerksam das Gesicht des Babys studierte. „Wie hübsch er ist! Wie ein kleiner Engel", sagte er leise. „Ein dunkelhaariger Engel", ergänzte die Leiterin freundlich. „Kommen Sie, ich begleite Sie noch bis zum Ausgang." Die drei gingen den langen, dämmrigen Flur entlang, dann öffnete sich die Eingangstür; draußen schien die Sonne. „Ich wünsche Ihnen alles Gute und viel Freude miteinander", sagte die Frau. Und mit diesem guten Wunsch begann das neue Leben für die frisch gebackenen Eltern.

Das Baby schlief noch immer, als Franz die Wohnungstür aufschloss. Seine Frau Renate sah sich um. „Ich lege ihn erst mal auf unser Bett", meinte sie und platzierte das Kissen mitsamt seinem kostbaren Inhalt auf die Mitte des riesigen französischen Bettes. Und da lag Udo dann. Ein kleines Bündel Mensch, mitten im Bett und im Leben zweier anderer Menschen. Franz holte seine Kamera und machte ein Foto. „Willkommen zu Hause, kleiner Liebling", sagte er, bevor er den Auslöser drückte.

Das so entstandene Foto sah sich Udo später oft an. Franz und Renate auch. Wenn sie damals schon gewusst hätten …

AUFWACHSEN

„Der Udo hat eine Schlange gefangen! Der Udo hat eine Giftschlange in der Tasche!" Die Kinder im Kindergarten rannten aufgeregt vom Spielplatz in ihre Gruppe, die schmutzigen Schuhe noch an den Füßen. Einige Mädchen kreischten. Die Erzieherin, Frau Krämer, versuchte, die Bande zu beruhigen: „So ein Unsinn! Bei uns im Garten gibt es doch gar keine Schlangen." Aber da kam Udo angelaufen, und in seiner Hand, da war doch tatsächlich ein dunkles, langes Etwas. Eine Schlange! Und sie bewegte sich! In diesem Augenblick war es um Frau Krämer geschehen. Innerhalb weniger Sekunden stand sie auf dem Tisch in der Mitte des Raumes. „Udo!!! Bring sofort dieses Tier wieder raus!", kreischte sie mit hoher Stimme. Der kleine Junge sah die Frau hoch über sich mit seinen dunklen Augen scheinheilig an. „Welches Ding denn, Frau Krämer?", fragte er. „Ach, du meinst meine kleine Freundin hier?" Geschickt ließ er den Kopf der kleine Plastikschlange mit den beweglichen Elementen in seiner Hand hin- und hergleiten. „Die wollte ich dir doch extra zeigen. So ein hübsches Tier ..." Er trat ein paar weitere Schritte auf den Tisch zu, von wo Frau Krämer einen verzweifelten Schrei ausstieß.

In diesem Moment trat die Erzieherin der Nachbargruppe in die Tür. „Was ist denn hier los? Was soll der ganze Lärm?" Mit einem Blick erfasste sie die Situation. Hart packte sie Udo am Arm: „Schämst du dich nicht, du frecher Bengel, der Frau Krämer und den anderen Kindern so einen Schrecken einzujagen?" Udo zeigte sich unbeeindruckt, denn er wurde oft geschimpft. Das änderte sich aber, als die Erzieherin drohte: „Das werde ich deinem Vater erzählen! Mal sehen, was der dazu sagt!" Sofort hängte sich Udo an den Arm der Frau: „Bitte sag nichts meinem Vater", bettelte er. „Das war doch nur ein Scherz, ich werde es nicht noch mal tun." – „Ist schon gut", beschwichtigte Frau Krämer, die inzwischen von ihrem Tisch heruntergestiegen war. „Ich habe wohl ein bisschen überreagiert. Schlangen machen mir halt wahnsinnige Angst. Das Ding bleibt von nun an zu Hause, ja?" Udo nickte und verschwand erleichtert in der Bauecke. Puh, das war noch einmal gut gegangen. Er wusste, was ihn zu Hause erwartete, hätte sein Vater von seinem Unsinn erfahren: mindestens eine schallende Ohrfeige, wahrscheinlich eher eine richtige Tracht Prügel. Aber der Streich hatte sich trotzdem gelohnt. Wenn er an Frau Krämer dachte, wie sie da oben zitternd auf dem Tisch stand, musste er immer wieder ein Kichern unterdrücken. Wie stark man sich fühlte, wenn man anderen Menschen Angst einjagen konnte ...

So vergingen die ersten Jahre von Udos Kindheit. Sie waren angefüllt mit Abenteuern und wilden Aktionen. Prügel gehörten immer dazu. Vom „Alten", wie der Junge seinen Vater halb verächtlich, halb zärtlich nannte, bekam er sie immer dann, wenn er mal wieder über die Stränge geschlagen hatte – und das kam ziemlich oft vor. Aber auch die Jungs aus der Nachbarschaft prügelten sich regelmäßig und fochten richtige Kämpfe gegeneinander aus: die Buchenweger gegen die Tannenweger zum Beispiel. Udo, der noch zu den Jüngeren gehörte, hielt sich erst einmal auf Abstand. Doch das sollte sich bald ändern.

Es war irgendwann während Udos Grundschulzeit. Er kam vom Einkaufen zurück und lief die Straße entlang, weit und breit war keine Menschenseele zu sehen. Plötzlich stand Andre vor ihm. „Hey, du kleiner Hosenscheißer. Bist du auf dem Weg zur Mama? Hast wohl neue Milch für dein Fläschchen gekauft?" Ehe Udo es sich versah, hatte der Junge ihn umgeworfen und ihm einen Schlag ins Gesicht verpasst. Udo krallte instinktiv die Hände in die Einkaufstüte, aus der die Lebensmittel auf die Straße kullerten. Noch ein Schlag, dann ein Tritt. Udo spürte Blut im Mund, weil er sich auf die Zunge gebissen hatte. „Mit dir kann man ja gar nicht kämpfen! So ein Schwächling! Der wehrt sich ja noch nicht mal." Der Junge spuckte verächtlich auf Udo, der sich langsam aufrappelte. Dann war er verschwunden. Udo wischte sich eine Träne aus dem Gesicht, sammelte die verstreuten Lebensmittel ein und humpelte die letzten

Meter nach Hause. Was sollte er erzählen? Seine Mutter tröstete ihn, verpflasterte das aufgesprungene Knie sowie die Blessur im Gesicht ihres Sohnes und schimpfte über die groben Nachbarsjungen. Doch Udos Vater bekam einen regelrechten Wutanfall: „Das war das erste und das letzte Mal, dass du dich einfach so verprügeln lässt! Wer war der Bengel? Der Andre? Alles klar, ich red mit seinem Vater. Das muss eine Revanche geben. Und dann lässt du dich nicht so einfach abziehen!" Der Boxkampf fand ein paar Tage später in der Garage statt. Und diesmal steckte Udo nicht nur ein, sondern teilte auch aus. Er übersah nicht den leisen Stolz in den Augen seines Vaters, als dieser ihm nach dem Kampf anerkennend auf die Schulter klopfte. „Gott sei Dank, aus dir wird noch was", meinte Franz zu seinem schwer atmenden Sohn. „Im Leben kriegst du nichts geschenkt. Merk dir das!"

Udo liebte seinen Vater, er war ein richtiges Papakind. In den Momenten, in denen sein Vater wütend war, fürchtete er sich vor ihm, denn die Hand saß Franz, Jahrgang 1933, immer locker. Aber trotzdem war der Alte ein toller Mann. Und bei allen seinen Fehlern, seiner Brutalität und Launenhaftigkeit auch ein wunderbarer Vater. Im Winter bei Schnee die Kinder aus der Nachbarschaft zusammentrommeln, alle Schlitten hinters Auto binden und eine Runde drehen – wer machte so etwas schon? Oder mit dem Sohn bis tief in die Nacht die Boxkämpfe von Muhammad Ali gucken und ihm dann für den nächsten Tag eine Entschuldigung schreiben – war das nicht großartig?

Und dann waren da natürlich noch die Großeltern. Udo freute sich immer sehr auf die Besuche
bei ihnen, denn Opa konnte so spannend aus dem
Krieg erzählen. Manchmal kam er dabei so richtig
in Fahrt: „Das war was, als ich die Amerikaner vom
Himmel holte! Abgeknallt haben wir sie, einen nach
dem anderen." Dem kleinen Jungen lief eine Gänse-
haut über den Rücken, aber die Kriegsgeschichten
faszinierten ihn trotzdem.

Manchmal schlachtete Udo zusammen mit seinem
Opa Hühner. „Hau feste zu! Und jetzt lass schnell los."
Angeekelt und fasziniert zugleich sah Udo, wie das tote
Huhn mit den Flügeln flatterte und noch ein paar Meter
weiterkam, bis es schließlich leblos liegen blieb. „Gut
gemacht! Du wirst einmal ein richtiger Mann, Udo",
sagte der Opa dann anerkennend zu seinem Enkel.

Oma war anders. Sanft, zart, mehr wie Udos Mutter.
Sie liebte ihren riesigen Garten, der fast die Größe
eines Fußballfeldes hatte und in dem alles wuchs, was
man sich vorstellen konnte. Und sie liebte Opa. Als
dieser nach 64 Jahren Ehe starb, da wollte auch sie
nicht mehr. Drei Monate nach dem Tod ihres Mannes
lud sie Udos Familie ein letztes Mal zu sich nach
Hause ein. „Ich gehe zu Opa", erklärte sie, „das war
euer letzter Besuch bei mir." – „Was meinst du damit:
‚Ich gehe zu Opa'? Der Opa ist doch tot?", fragte der
kleine Udo verwundert. „Lass mal, ich erkläre dir das
später", raunte sein Vater ihm zu.

Auf der Heimfahrt im Auto erklärte Franz
seinem Sohn dann: „Mit Oma und Opa, das war

etwas ganz Besonderes. Sie waren sehr lange verheiratet, viel länger, als du dir vorstellen kannst. Und sie hatten sich sehr lieb. Deswegen ist es sehr schwer für Oma, allein weiterzuleben." –„Aber sie ist doch total gesund! Versorgt noch ganz allein den großen Garten. Sie kann noch lange weiterleben!" – „Aber sie möchte nicht mehr. Und wahrscheinlich fühlt sie, dass sie Opa bald folgen wird." Udo grübelte nach. War das die wahre Liebe? Sein ganzes Leben mit einem anderen Menschen zu teilen? Nicht mehr ohne den anderen leben zu können? Sechs Wochen später kam die Nachricht: Seine Oma war gestorben. An gebrochenem Herzen, wie der Arzt sagte.

Die Familie Blumer war katholisch, der Gang zur Kirche gehörte zu ihrem Leben wie die Butter aufs Brot. Woher sollten Anstand und Moral kommen, wenn nicht aus dem Glauben? Wenn Franz sonntagmorgens auf Schicht war, besuchte man wenigstens die Abendmesse. Und wenn der Vater gar nicht gehen konnte, bestand er doch darauf, dass Udo trotzdem am Gottesdienst teilnahm. Weil er aber wusste, dass sein Sohn lieber draußen Fußball spielte, als drinnen seine Zeit abzusitzen, fragte er ihn später ab: „Worüber hat der Pfarrer gesprochen? Welche Lieder wurden gesungen?" Wenn Udo die Antwort nicht wusste, setzte es Hiebe, so wie auch bei vielen anderen Gelegenheiten. Einmal wäre es dabei fast zu einem Unglück gekommen: Im Wohnzimmer stand eine Zigarrenkiste, in der Franz immer ein paar Scheine zum Lottospielen aufbewahrte. Der kleine Udo brauchte Geld, und weil gerade niemand zu Hause war, hatte er sich von dort fünf Mark genommen, mit der festen Absicht, das Geld später zurückzuzahlen. Als der Vater nach Hause kam, bemerkte er sofort, dass ein Schein fehlte. Er ließ Udo keine Zeit für Erklärungen. „Du Dieb! Mein Sohn ein Dieb! Ich werde dich lehren ..." Der erste Hieb saß, den weiteren Schlägen seines Vaters wich Udo jedoch aus. Plötzlich war kein Boden mehr unter seinen Füßen; er fiel ins Nichts und fühlte einen dumpfen Schmerz, bevor es dunkel wurde. Udo hatte nicht bemerkt, dass die Kellertür offenstand, und war die ganze lange Treppe hinuntergestürzt. Als Franz seinen Jungen unten im Keller liegen sah, bleich und mit geschlossenen Augen, merkte er sofort, dass etwas Ernstes passiert war. Vorsichtig trug er seinen Sohn, der vor Schmerzen leise wimmerte, nach oben ins Wohnzimmer. Da blieb nur eins: Krankenhaus. Die Untersuchung ergab eine Nierenquetschung. „Ein ziemlich dummer Sturz", sagte der Arzt und betrachtete misstrauisch die vielen blauen Flecken an Udos Körper. Dieser sah seinem Vater fest in die Augen. Sollte er ...? Nein, dazu liebte er seinen Vater zu sehr. „Ja, das war echt ein ziemlich dummer Sturz", antwortete Udo dem Arzt zögernd.

Zu Udos Kindheit gehörte auch seine kleine Schwester Maria, ein lustiges Mädchen mit blonden Haaren. Drei Jahre jünger als Udo war sie seine engste Spielgefährtin und Freundin. Udo liebte und beschützte sie, kassierte ihre Prügel und nahm sie mit zu seinen Freunden. Am glücklichsten waren die Kinder, wenn sie im „Tennehimmelchen" waren. Das war eine große, halb verwilderte Freifläche am Ende der Straße, wo man herrliche Buden bauen und sich zwischen Bäumen und Sträuchern verstecken konnte. Und wo man sich fern von aller elterlichen Aufsicht stritt und gegenseitig verkloppte.

Einmal zelteten die Kinder im Tennehimmelchen und zündeten ein Lagerfeuer an, allerdings, ohne es zu wissen, genau über einem Kaninchenbau. Irgendwann trieb die Hitze die Kleinen nach draußen. „Die teilen wir uns", schlug jemand vor. „Jeder darf ein Kaninchenbaby mit nach Hause nehmen." – „Au ja!" Im Nu waren die kleinen Lebewesen verteilt. „Guck mal, da kommt ja noch eins aus dem Gang ge-krabbelt! Mensch, das sieht mitgenommen aus. Ist ja schon halb verkohlt!" – „Das kriegt der Udo. Der ist ja auch schwarz!" Schallendes Gelächter. Udo schluckte. Dass sich die anderen immer über seinen dunklen Teint lustig machen mussten! Doch irgendetwas in dem Jungen wurde angerührt, als er das kleine Kaninchenbaby sah. Behutsam steckte er es in seine Hosentasche. Immer wieder glitt seine Hand vorsichtig über das weiche Fell, und langsam wurde das zitternde Tierchen ruhiger.

Zu Hause baute der Vater einen kleinen Stall für das neue Familienmitglied, die Mutter brachte Möhrenschalen und Salat. Und während alle anderen Kaninchen eingingen, überlebte das kleine Liebchen, wie Udo sein Tierchen oft zärtlich nannte. Einige Wochen später war es zu einem ziemlich großen, sehr zahmen Kaninchen herangewachsen, und Udo konnte mit ihm auf der Wiese spielen, ohne dass es weglief. Es waren glückliche Wochen, bis die Mutter eines Tages die Tür zum Freilauf offenließ und das Tier verschwand. Udo suchte und rief seinen kleinen Liebling vergeblich. Drei Tage später klingelte ein Nachbar, Besitzer eines großen rot-weißen Katers. „Udochen, wir haben dein Kaninchen, es ist auf eurer Terrasse." Sein gemeines Grinsen ließ Udo jedoch nichts Gutes ahnen. Als der Junge auf die Terrasse rannte, sah er sein Liebchen dort liegen. In sieben Teilen. In diesem Moment zerbrach irgendetwas in Udo. Er wusste, dass niemand ihn trösten könnte oder seinen Schmerz verstehen würde, und so schluckte er seine Tränen hinunter. Und rächte sich brutal an der Katze. Fressen oder gefressen werden, stark sein oder untergehen. Ein anderes Gesetz gab es wohl nicht in diesem Leben.

ORIENTIEREN

In den folgenden Jahren zog es Udo immer weniger nach Hause, denn immer öfter gab es dort Schläge vom Alten, Streit und Geschrei. Auch in der Schule ging es bergab. Aus dem goldigen Erstklässler war ein aufmüpfiger Viertklässler geworden, der keine Lust auf Lernen hatte und sich stattdessen lieber draußen herumtrieb. Die Schule war eigentlich nur noch dazu da, um sich vor den Stärkeren in Acht zu nehmen und die Schwächeren zu drangsalieren. Während ihm am Anfang seiner Schulzeit sein Kiosk-Geld oft von größeren Jungs abgenommen worden war, bedrohte er nun die Kleineren, bis sie ihm ihre Münzen gaben.

„Die Leistungen Ihres Sohnes lassen leider sehr zu wünschen übrig. Er wird auf die Hauptschule gehen müssen", sagte die Grundschullehrerin eines Tages zu Renate. Die nickte nur resigniert, hatte sie doch gehofft, dass ihr Adoptivsohn einmal einen guten Beruf erlernen, vielleicht Lehrer oder Arzt werden könnte. Aber mit einem Hauptschulabschluss? Bekümmert ging Renate nach dem Gespräch heim.

Udo war nicht zu Hause, sondern irgendwo unterwegs. Wie immer.

„Kanacke! Du gehörst nicht zu uns. Verpiss dich!" Die Jungs, bei deren Fußballspiel Udo mitmachen wollte, sahen ihn feindselig an. „Geh zu den dreckigen Ausländern, da gehörst du hin!" Udo spürte, wie der Zorn in ihm hochstieg. Aber es waren zu viele, gegen die kam er nicht an. So drehte er sich um und lief nach Hause, noch immer mit dieser Wut im Bauch. Er konnte es einfach nicht mehr aushalten. Immer diese Worte: Kanacke. Ausländer. Warum war er so anders als die anderen? Seine Eltern waren blond, genauso wie seine Großeltern; er selbst hatte dunkle Augen und dunkle Haare. Auch mit bestem Willen war keinerlei Ähnlichkeit zwischen ihm und seiner Familie festzustellen. Was war da schiefgelaufen? War seine Mutter vielleicht fremdgegangen? Er musste endlich die Wahrheit wissen!

Zu Hause angekommen stellte der Dreizehnjährige seine Eltern zur Rede. Es folgten Türenschlagen und Schreien. Renate war gerade beim Kochen in der Küche. Sie fing an zu weinen, hilflos, wie sie war. Lange hatte sie sich vor diesem Moment gefürchtet, und jetzt war sie völlig überfordert. Die kleine Maria hatte die lauten Stimmen gehört und war auch in die Küche gekommen. Franz versuchte, sachlich zu bleiben und seinen aufgebrachten Sohn zu beruhigen: „Jetzt komm erst mal runter, Udo. Also, Mama und ich, wir konnten keine Kinder bekommen. Aber wir wollten welche haben, deswegen haben wir dich adoptiert. Du warst drei Monate alt, als wir dich aus dem Kinderheim geholt haben. Eigentlich hast du griechische Wurzeln." Er machte einen Schritt auf den Jungen zu, der ihm aber auswich. „Du kennst doch das Foto, wo du auf unserem Bett liegst? Das haben wir am ersten Abend aufgenommen. Und du, Maria, bist drei Jahre später zu uns gekommen." Udo fühlte sich, als würde ihm der Boden unter den Füßen weggezogen. Obwohl er das alles schon lange geahnt hatte, war es schmerzlich, die kalte Wahrheit so plötzlich zu hören. Er sah seinen Vater an, wie er dastand: groß, blond, trotzig. Und seine Mutter, noch mit dem Kochlöffel in der Hand, die ihn zwischen ihren Tränen sehnsuchtsvoll anblickte, als hoffte sie, ihr Sohn würde wie früher in ihre Arme laufen. Und seine Schwester – aber sie war ja gar nicht seine Schwester! Mit einem Satz drehte Udo sich um. „Ihr habt mir gar nichts mehr zu sagen! Ihr seid ja nicht mal meine Eltern. Ich gehöre nicht in diese Familie! Von jetzt an gehe ich meine eigenen Wege!" Mit einem lauten Knall flog die Wohnungstür zu.

Seitdem Udo wusste, dass er ein adoptiertes Kind war, verbrachte er noch weniger Zeit zu Hause. Stattdessen fühlte er sich zu der Gruppe der Sinti-Kinder in seiner Klasse hingezogen. Wegen der Schulpflicht mussten diese Mädchen und Jungen hier ihre Stunden absitzen, aber ihr eigentliches Leben spielte sich woanders ab. Mit seinen schwarzen Haaren und der dunklen Haut sah Udo wie ein echter Sinto aus, und die Kinder akzeptierten ihn als einen der ihren.

Heiner und Stevo wurden seine besten Freunde; viele Stunden verbrachte er in ihrer Familie. Und irgendwann kam der Tag, an dem die beiden Udo das erste Mal mitnahmen, wenn sie ihre Geschäfte machten.

„Komm, wir zeigen dir einen Trick, wie du mit 10 DM zahlen und 50 DM herausbekommen kannst!" – „Wie soll das denn funktionieren?", fragte Udo skeptisch. „Ganz einfach: Du gehst in einen Laden und wirfst einen Blick in die Kasse, ob da große Scheine drin sind. Wenn ja, kaufst du eine Kleinigkeit und zahlst mit 10 DM. Wenn die Kassiererin den Schein vor die Kasse legt, dann klappt es nicht. Legt sie ihn aber in die Kasse, dann hast du schon halb gewonnen. Jetzt musst du sie nur noch volllabern, bis sie dir auf 50 DM rausgibt." – „Und das funktioniert?" – „Wenn man sich geschickt anstellt, ja. Besonders, wenn hinter dir eine lange Schlange wartet und die Frau unter Druck ist. In sieben von zehn Fällen kriegt man, was man will. Komm mit, wir zeigen dir, wie man das macht!"

Udo lernte schnell. Unglaublich, wie leicht man so zu Geld kommen konnte! Doch es blieb nicht nur beim Geldwechseltrick. Stevo, Heiner und Udo bildeten eine kleine Einbrecherbande. Stevo war klein und unglaublich schmal, er konnte sich selbst durch eng vergitterte Fenster zwängen. Udo und Heiner sicherten ab und sagten ihm, was er holen sollte. Rubina, die Mutter der beiden Jungs, war die Hehlerin und kaufte den dreien das Diebesgut ab. Ihr Geld bewahrte sie in einer großen Rolle auf, die tief in ihrem Ausschnitt steckte. Sie war abergläubisch, launisch, ließ sich nicht übers Ohr hauen, hatte aber ein weites Herz und liebte ihre Jungs abgöttisch. Und auch Udo wurde als Teil der Familie betrachtet. Gewissensbisse hatte er schon lange nicht mehr. Endlich hatte er etwas gefunden, was er gut konnte, Menschen, die ihn akzeptierten, und eine Gruppe, der er sich zugehörig fühlte.

WEITERGEHEN

Das Leben lief gut für Udo, zumindest fühlte es sich so an. Er erlebte Freundschaft und Zugehörigkeit bei den Sinti, er hatte Geld und zu Hause Eltern, die weiterhin das Beste für ihren Jungen wollten, auch wenn Udos Lebensstil sie oft an den Rand der Verzweiflung trieb. Und da war Carmen mit ihren blonden, lockigen Haaren und ihrer zarten Haut. Mit 14 hatte Udo seinen ersten Sex mit ihr. Jetzt war er ein ganzer Mann – oder doch nicht? Eine Erfahrung fehlte ihm noch: Udo war noch keine 15, als er seinen ersten Joint rauchte. Das war ein Gefühl! Unvergleichlich! Weitere Drogen folgten: Kokain, Amphetamine, Ecstasy und später Heroin. Aber alles in Maßen, denn die Kontrolle wollte Udo nicht verlieren. Zu sehr schreckten ihn die ausgemergelten Körper und stumpfsinnigen Gesichter der Drogenabhängigen ab, die weiter gegangen waren als er. Gott, der als moralische Instanz im Leben seiner Eltern und Großeltern noch irgendwie präsent gewesen war, spielte für Udo keine Rolle. Er kam allein zurecht und brauchte niemanden.

Mit 15 Jahren kam der nächste Schritt in Richtung Unabhängigkeit: Udo kaufte sich ein Mofa und frisierte es. Als er eines Abends auf dem Weg nach Hause war, mal wieder angetrunken und bekifft, wurde ein Streifenwagen auf ihn aufmerksam. Der Fahrer signalisierte Udo anzuhalten, doch der erhöhte die Geschwindigkeit. Kriegen durften sie ihn auf keinen Fall, sonst war das Mofa verloren! Doch der Streifenwagen ließ sich nicht abschütteln und drängte Udo hart an den Straßenrand. Er ließ das Mofa fallen und rannte davon, vier Polizisten hinter ihm her. Nur noch die Straße entlang, dann wäre er zu Hause. „Stehen bleiben!" Irgendwann jedoch erwischte ihn einer der Polizisten, und es kam zum Kampf. Vergeblich versuchten die Männer, Udo zu fixieren, weil er sich mit Händen und Füßen wehrte. Fenster gingen auf, Leute schrien. Einer der Nachbarn klingelte bei den Blumers. „Komm schnell, Franz, die Polizei ist an deinem Udo dran!" Franz eilte wutentbrannt auf die Straße. Hatte man nur Ärger mit dem Jungen? Was hatte er schon alles durchgemacht mit dem Kind! Und jetzt prügelte er sich mit der Polizei, nur wenige Meter von seinem Elternhaus entfernt. Es reichte! Endgültig. „Jetzt ist Schluss, ich knall ihn ab!", schrie er zornig und versuchte, einem der Polizisten die Pistole aus dem Gürtel zu ziehen. Doch im nächsten Moment hatte ihm schon ein anderer Polizist die Waffe aus der Hand geschlagen. „Machen Sie keine Dummheiten, Mann!", herrschte er ihn an. Wenige Minuten später wurde Udo in Handschellen abgeführt. Nach dem ganzen Lärm war es nun merkwürdig still.

Lange blieb Franz auf der Straße stehen und blickte dem Polizeiauto nach, das seinen Adoptivsohn mitgenommen hatte. Seine Hände und Knie zitterten. Beinahe hätte er ...

„Was stehst du da in der Kälte? Komm doch rein. Ist was passiert?", hörte er seine Frau aus dem Fenster rufen. Franz zögerte. Doch dann antwortete er: „Alles gut, ich komm ja schon." Langsam ging er zurück ins Haus.

Die Geschichte mit dem Mofa war keine Lehre für Udo, im Gegenteil. Sein Leben war weiterhin von Drogen, Diebstählen und Einbrüchen geprägt. Seine Eltern realisierten die Ausmaße seines Doppellebens nicht. Er gehörte inzwischen zu einer größeren Bande, die in unterschiedlichen Konstellationen an die Arbeit ging, je nach Größe des Objekts. Bis eines Tages ein Einbruch misslang. Zwei der Täter konnten noch rechtzeitig fliehen, der dritte wurde gefasst. Der junge Kriminelle legte ein umfassendes Geständnis ab. Er erzählte alles: wer zur Bande gehörte, welche Einbrüche schon verübt worden waren, wie sie in die Häuser gekommen waren, was sie geklaut hatten. Dieses Geständnis brachte Udo, 17 Jahre alt, in Untersuchungshaft.

Mit der Verhaftung ihres Sohnes brach für Renate eine Welt zusammen. Dass Udo nicht studieren, nicht ihre Träume erfüllen würde, damit hatte sie sich schon vor einigen Jahren abgefunden. Dass er schlechte Freunde hatte, wusste sie. Dass er öfter trank und rauchte, auch. Aber dass er ein Einbrecher war?

Jemand, der gefühllos und kalt andere Menschen bedrohte, ihr hart erarbeitetes Eigentum stahl? Das hätte sie niemals gedacht; das konnte sie nicht verkraften. Als die Polizei Udo mitnahm, zerbrach die Beziehung zu ihrem Adoptivsohn endgültig. Nie wieder nahm sie ihn so in den Arm, wie sie es früher getan hatte. Udo durfte in den nächsten Jahren zwar ins Haus kommen und seinen Vater besuchen, er bekam auch manchmal einen Teller Essen hingestellt. Aber die Liebe seiner Mutter hatte er verloren. Für immer.

Viereinhalb Monate nach Udos Verhaftung fand endlich die Gerichtsverhandlung statt. Der Anwalt machte seinem jungen Mandanten keine großen Hoffnungen, denn immerhin war Udo wegen 34 Einbruchdiebstählen und Mitgliedschaft in einer kriminellen Vereinigung angeklagt. „Drei Jahre wirst du kriegen", schätzte er. „Wenn es gut läuft."

Als Udo in den Gerichtssaal geführt wurde, sah er ganz hinten seinen Vater sitzen. Er wagte es nicht, ihn anzusehen, wusste er doch um die Enttäuschung, die sein Vater spüren musste. Ehrlichkeit war Franz immer wichtig gewesen. Deswegen hatte er Udo als Kind in die Kirche geschickt. Deswegen hatte er auch darauf bestanden, dass Udo die 3000 DM, die er einmal in einer Telefonzelle gefunden hatte, bei der Polizei abgab. Und nun war sein Adoptivsohn trotz seiner besten Absichten ein Einbrecher geworden, ein skrupelloser Krimineller.

„Das letzte Wort hat der Angeklagte. Haben Sie noch etwas zu sagen?", fragte der Richter. Udo verschränkte die Arme vor der Brust und schüttelte den Kopf. Er war ja der Coole, der, der alles im Griff hatte. Wenn er nicht verraten worden wäre, hätten sie ihn niemals gekriegt. Er hatte nichts zu sagen.

Plötzlich gab es hinten im Raum Bewegung; alle drehten sich um. Überrascht bemerkte Udo, dass sein Vater aufgestanden war. Franz räusperte sich und rieb sich vor Nervosität die Hände, denn er war es nicht gewohnt, vor vielen Menschen zu reden. „Herr Richter, das ist mein Adoptivsohn. Ich schaffe es mit ihm, ich verspreche es Ihnen. Ich habe ihm eine Lehrstelle als Bäcker besorgt. Geben Sie ihm noch eine Chance. Er ist doch erst 17, noch ein Kind. Ab jetzt wird es besser. Ich passe auf ihn auf."

Udo fiel aus allen Wolken, als er kurze Zeit später das Urteil hörte: zwei Jahre auf Bewährung, mehr nicht. Er war wieder auf freiem Fuß.

ABSTÜRZEN

Die Bewährungszeit hätte eine Chance für Udo sein können, doch er nutzte sie nicht. Als er kurze Zeit später bei seinen alten Freunden saß, wurde der nächste Einbruch geplant, denn einer der Gruppe hatte einen heißen Tipp bekommen. „Eine todsichere Sache! Größerer Juwelierladen, schlecht gesichert. Ein Kinderspiel." Udo spürte die alte Aufregung in sich aufsteigen, als er fachmännisch über die Sache nachdachte. Kurze Zeit später kam die unausweichliche Frage: „Wer ist dabei? Du, Udo?"

Verschiedene Bilder schossen Udo durch den Kopf: Sein Vater, wie er im Gerichtssaal um eine zweite Chance bat. Das zerlegte Kaninchen auf der Terrasse. Heiner und Stevo, wie sie auf die nervöse Kassiererin einredeten. Der Alte mit dem Stock in der Hand, das Gesicht rot vor Zorn. Seine eigenen Finger, wie sie das Cannabis auf dem dünnen Papierstreifen verteilten und diesen geschickt zu einer Rolle drehten. Udo zögerte nur wenige Sekunden, bevor er seine Antwort gab: „Klar bin ich dabei. Warum auch nicht?"

Doch auch dieser Einbruch lief nicht wie geplant. Das Geschäft war nicht leer, sodass die Männer Gewalt anwendeten. Jemand rief die Polizei. Wieder wurde einer geschnappt, wieder nannte er die Namen seiner Mittäter, und wieder kam Udo in Untersuchungshaft.

Das kannte er nun alles schon: die kahlen Wände, die hallenden Schritte auf dem Flur, die unerträgliche Langeweile. Da war es eine willkommene Abwechslung, als es hieß: „Heute bekommst du Besuch, Udo. Dein Vater hat sich angemeldet." Udo wurde in den Besuchsraum geführt, und wie immer stand ein Wärter dabei, um sicherzustellen, dass nichts Unrechtmäßiges besprochen wurde. Der Mann konnte allerdings nicht mit dem gerechnet haben, was jetzt passierte: Franz ging auf seinen Sohn zu und verpasste ihm blitzschnell einen dermaßen heftigen Schlag, dass er von seinem Stuhl zu Boden stürzte. Mühsam rappelte Udo sich auf. Er wusste, dass er den Schlag mehr als verdient hatte, und war deshalb dem Alten auch nicht böse. Am Ende der Besuchszeit umarmten sich Vater und Sohn dann wieder.

Bei der nächsten Gerichtsverhandlung war niemand da, der sich für Udo stark gemacht hätte. Das Urteil lautete vier Jahre Gefängnis: zwei Jahre Bewährungswiderruf und zwei weitere Jahre für das Raubdelikt beim Juwelier. Udo kam nach Siegburg in den Jugendvollzug. Dort wurde ihm gesagt, dass er sich anstrengen und etwas lernen sollte, denn gutes Verhalten könnte zu einer vorzeitigen Entlassung nach zwei Dritteln der Zeit führen.

Udo dachte nach, die Ruhe dafür hatte er ja. Vielleicht war der Weg seines Vaters ja doch der bessere Weg: solide Arbeit, Ehrlichkeit, Zufriedenheit mit dem, was man erreicht hatte, auch wenn es nicht viel war. Was hatte ihm im Gegensatz dazu sein Lebensstil bisher gebracht? Im Endeffekt gar nichts. Die vor ihm liegende Zeit im Gefängnis erschien dem jungen Mann wie eine halbe Ewigkeit. Kein Spaß, keine Frauen, keine Drogen – und das vier endlose Jahre lang! Wenn es eine Chance gab, diese Zeit zu verkürzen, dann wollte er sie auf jeden Fall nutzen. Während der Untersuchungshaft war Udo noch stark gewesen und viel zu stolz, um eine Blöße zuzugeben. „Ein Mann ohne Knast ist wie ein Mann ohne Bauch", hatte er sich immer wieder gesagt. Doch jetzt stiegen neue Gefühle in ihm auf, so etwas wie Traurigkeit, wie Reue. Und manchmal weinte der starke junge Mann mit den tätowierten Armen sogar heimlich. Diese Tränen sah aber nur der kleine Nymphensittich, der in Udos Zelle wohnte.

Udo entschied sich also, die Möglichkeiten des Jugendvollzugs zu nutzen und eine Bauschlosserlehre zu beginnen. Nachdem er sie erfolgreich zu Ende geführt hatte, qualifizierte er sich durch verschiedene Schweißer-Lehrgänge weiter. Er war freundlich, einsichtig und leistete gute Arbeit. Meistens jedenfalls. Dann endlich kam der ersehnte Gerichtstermin. Alle Verantwortlichen befürworteten Udos vorzeitige Entlassung: sein Betreuer, ein Psychologe und auch der Anstaltsleiter. Dieser Optimismus war nicht unbegründet. Zwar begehen 69 % der Entlassenen des Jugendstrafvollzugs weitere Delikte, aber nur bei 35 % ist der Rückfall so schwerwiegend, dass es zu einer erneuten Inhaftierung kommt.[1] Auch Udo war zuversichtlich, dass seine Zeit im Knast bald zu Ende sein und er danach ein anständiges Leben im Sinne seiner Eltern führen würde.

Doch der Richter mittleren Alters beurteilte die Sache anders. Als er die dicke Akte mit Udos Straftaten durchblätterte, sagte er entrüstet: „Vorzeitige Entlassung? Bei dem, was der Kerl gemacht hat? Auf keinen Fall. Der soll in einem halben Jahr noch mal wiederkommen." Und damit war der Fall erledigt.

Sofort spürte Udo sie wieder: diese unbändige Wut, die in ihm aufstieg und die Kontrolle übernahm. Wut auf den Richter, auf das System, auf das Leben, einfach auf alles. Als er zurück in seine Zelle kam, nahm er seinen Nymphensittich und brachte ihn zu einem Kumpel in die Nachbarzelle. Das Tierchen sollte nicht unter dem leiden, was jetzt passieren würde. Denn jetzt ließ Udo seine Wut raus. Er zertrümmerte alles, was in seiner Reichweite war, ließ das Wasser laufen und überflutete die Zelle. Er zertrampelte selbst die Trümmer auf dem Boden. Wenn sich Anstand nicht lohnte, dann wollte er nicht anständig sein. Dann konnte er genauso gut tun, was er wollte, und seine mühsame Selbstbeherrschung fahren lassen. Die

---

[1] https://www.jva-rheinbach.nrw.de/ Aus dem Informationsvideo auf der Startseite der JVA (abgerufen am 27.12.2023).

rastlosen Füße stillzuhalten, das lohnte sich offenbar nicht.

Es dauerte nicht lange, bis Wärter angerannt kamen. „Schnell, der Udo dreht durch!" Der tobende junge Mann wurde gepackt, bekam Handschellen angelegt und wurde in eine Beruhigungszelle geführt. In dem schallsicheren, fensterlosen Raum, ausgestattet nur mit einem Bettgestell, einem Toilettenbecken und einer Rolle Klopapier, gab es nichts, was Udo hätte zerstören können. Doch die Wut in seinem Inneren blieb. Nach zwei Wochen wurde er, weil er im Jugendgefängnis nicht mehr führbar und schon über 18 Jahre alt war, in den Erwachsenenvollzug überführt.

Im Erwachsenenvollzug bekam Udo seinen „letzten Schliff", wie er später sagte. Hier lernte er die schlimmsten Kriminellen kennen: Zuhälter, Räuber, Vergewaltiger, Erpresser, Mörder. Als seine Zeit im Knast zu Ende ging, war ihm klar, was er wollte: weiter ein Krimineller sein. Einen anderen Weg gab es für ihn nicht. Schnell hatte Udo seine alten Kontakte aufgefrischt und neue in der Szene geschlossen. Einbrüche, Überfälle und Geldeintreiberei gehörten zu seinen Spezialitäten. Auch die Geschichte mit Robert, mit der das Buch begann, passierte in diesen Jahren.

Udo wurde wiederholt festgenommen, insgesamt sechsmal. Über einen Zeitraum von gut 30 Jahren verbüßte er sechs unterschiedlich lange Gefängnisstrafen und war insgesamt 20 Jahre in Haft, nur um immer wieder in sein früheres Leben zurückzukehren. Nach jeder Entlassung war es sein erstes Ziel, möglichst bald eine lukrative Straftat zu begehen, damit wieder ein schickes Auto vor seiner Wohnung, eine dicke Uhr an seinem Handgelenk und eine goldene Kette an seinem Hals war. Und damit er Geld für Drogen und Frauen hatte. Also für die Dinge, die das Loch in seinem Herzen irgendwie füllen und die unbändige Wut, die er in sich spürte, besänftigen konnten. Doch der Effekt hielt immer nur kurz an. Manchmal ging Udo ins Bordell und kaufte sich mehrere Prostituierte. Doch noch während die Wellen der Lust ihn überspülten, wusste er: „Gleich wirst du hier liegen und dich wie der letzte Dreck fühlen. Und um viele 100 Euro ärmer sein."

Das schönste Jahr in dieser Zeit war ein Jahr ohne größere Straftaten. Ein Jahr, in dem Udo kein Herzrasen bekam, wenn es unerwartet an der Tür klingelte. Ein Jahr, in dem er keine Angst vor der Polizei zu haben brauchte. Ein Jahr mit einer ehrlichen Arbeit als Gerüstbauer. Ein Jahr, in dem er mit seiner Freundin zusammenlebte und Vater einer kleinen Tochter wurde. Ein Jahr, in dem Udo seinen Freunden, wenn sie ihn wieder zu einem Einbruch mitnehmen wollten, am Telefon immer sagte: „Tut mir leid, Jungs, gerade hab ich keine Zeit."

Aber dann verlor Udo seinen Job. Sofort war die Verlockung des alten Lebens wieder da, und der teuflische Kreislauf begann von Neuem. Abermals Einbrüche, Diebstähle, Glücksspiele und Drogen. Wenn er wieder mit Gewalt Geld eingetrieben hatte, konnte er zu Hause trotzdem zärtlich seine Lieben umarmen, ohne dass ihm die Schizophrenie seines Lebens aufgefallen wäre. Als seine Tochter sechs Jahre alt war, wurde Udo erneut verhaftet und von seiner Familie getrennt. Ihm, der so vieles in seinem eigenen Elternhaus vermisst hatte, gelang es nun selbst nicht, ein guter Vater zu sein. Er verpasste so vieles von der Kindheit seiner Tochter und auch der seines Sohnes, der 13 Jahre später zur Welt kam. Jahre später, während einer weiteren Haftzeit, trennten er und seine Lebensgefährtin sich in gegenseitigem Einvernehmen.

AHNEN

Als Menschen haben wir die Möglichkeit, Gottes Ordnungen mit Füßen zu treten. Wir können alle Regeln brechen, unser Gewissen betäuben, uns und andere kaputt machen. Und dennoch können wir nicht verhindern, dass tief in uns die Sehnsucht nach einem anderen, einem besseren Leben steckt. Einem Leben, das nicht von Krieg, sondern von Frieden mit unserem Schöpfer geprägt ist. Einem Leben, das Liebe, Vergebung und Hoffnung kennt.

Welch eine Gnade, dass Gott persönlich zu jedem von uns spricht, trotz unserer Rebellion. Er will uns vor dem drohenden Abgrund bewahren, auf den jeder von uns von Natur aus zusteuert: „Siehe, dies alles tut Gott zwei- oder dreimal mit dem Menschen, um seine Seele vom Verderben zurückzuholen" (Hiob 33,29). Auch Udo kann im Rückblick dieses Reden Gottes in seinem Leben erkennen, selbst zu Zeiten, als er noch weit entfernt von ihm war.

Es passierte im ersten Jahrzehnt seiner kriminellen Laufbahn, Udo war Mitte 20 und gerade wieder einmal verhaftet worden. Seine Haftstrafe sollte er diesmal in der JVA Rheinbach in der Nähe von Bonn absitzen. „Schon wieder mehrere Jahre Gefängnis? Nicht mit mir!", dachte Udo und wagte einen Ausbruch. Doch der Versuch misslang, Udo wurde geschnappt und kam in Isolationshaft. Er wurde einen fensterlosen Gang entlanggeführt, der von langen Neonröhren hell erleuchtet wurde. Zahllose Sicherheitstüren öffneten sich und wurden direkt hinter ihm wieder geschlossen. Dann kam die schwere Tür zu seiner Zelle. Diese war ungefähr zehn Quadratmeter groß und bis auf ein Bett, einen Tisch mit Stuhl, ein Waschbecken und die Toilette völlig leer. Als die Tür ins Schloss fiel, war Udo allein. Und alles war still.

Die Zeit in der Absonderung war furchtbar. Udo war ein starker Raucher, jetzt konnte er jedoch keinen einzigen Zug nehmen. Es gab keine Ablenkung, keine Geräusche, keine Kontakte und keine Berührungen. Immer nur dieselbe Umgebung, dieselben Farben, dieselben Abläufe. Nur der kurze Blick auf den Beamten, der ihm sein Essen brachte. Dusche montags, mittwochs, freitags. Eine Stunde Hofgang. Kein Internet, keine Zeitung, keine Gespräche. Nur unendliche Monotonie und Einsamkeit. Nach einigen Wochen spürte Udo, dass er kurz davor war, den Verstand zu verlieren.

Die einzige Lektüre, die in der Isolationshaft erlaubt war, war eine Bibel. Das war nun ungefähr das letzte Buch, das Udo interessierte, aber weil es nichts anderes zu tun gab, las er es immer wieder. Er verstand nicht viel, denn seine Konzentrationsfähigkeit wurde immer schwächer, und die Worte verschwammen vor seinen Augen. Aber dass es in diesem Buch um Gott und um Jesus, um Schuld und Vergebung ging, das war Udo klar.

Er erinnerte sich an ein Bild, das über dem Ehebett seiner Großeltern gehangen und das er als Kind oft betrachtet hatte: „Das Abendmahl" von Leonardo da Vinci. Ein schöner Saal, Jesus in der Mitte, mit einem blauen Umhang bekleidet, die Hände ausgebreitet. Rechts und links jeweils sechs Jünger, Wein und Brot auf dem Tisch. Essen, Gemeinschaft und Gespräche. Alles Dinge, die Udo hier fehlten und nach denen er sich verzweifelt sehnte.

„Gott, ich halte es hier nicht mehr aus. Hilf mir! Ich kann nicht mehr!" Diese Worte waren das erste echte Gebet, das Udo jemals sprach. Sie waren etwas ganz anderes als die nachgeplapperten Phrasen während der erzwungenen Gottesdienste seiner Kindheit. Sie waren ein ehrliches Rufen, das mitten aus der Tiefe seines verzweifelten Herzens kam.

„Nahet euch zu Gott, so naht er sich zu euch!", heißt es in der Bibel in Jakobus 4,8. Udo erlebte, dass dieses Versprechen stimmt. Er nahte sich Gott so, wie er war: einsam und zerbrochen. Und Gott nahte sich ihm. Nach sechs Wochen Isolationshaft hatte er zu Gott geschrien, und weitere zehn unendlich lange Wochen lagen noch vor ihm. Aber diese Wochen waren anders. Die Zeit verging viel schneller als vorher. Udo spürte, dass er nicht länger allein war. Er verlor nicht den Verstand. Und seit dieser Erfahrung zweifelte er nie mehr an der Existenz und Nahbarkeit Gottes. Auch wenn er sein Leben weiter ohne diesen Gott führte, der so barmherzig auf seinen Hilferuf reagiert hatte.

Das nächste Reden Gottes in Udos Leben passierte einige Jahre später. Udo saß wieder einmal im Knast und engagierte sich dort in einer Gruppe, die die sonntäglichen Gottesdienste vorbereitete. Das hatte er während seiner verschiedenen Haftstrafen oft getan, denn der Gottesdienst war eine schwache Erinnerung an seine trotz allem schöne Kindheit; an ein Stück unschuldige Normalität. Außerdem war das Ganze eine willkommene Abwechslung und eine gute Möglichkeit, mit anderen Männern und Frauen aus dem Gefängnis zusammenzukommen. Nachdem der katholische Gottesdienst Udo eher abgestoßen hatte, wechselte er zum evangelischen. Hier wurde er so etwas wie der Leiter der Gruppe, die unter Aufsicht einer engagierten Pfarrerin die wöchentliche Andacht plante.

Eines Tages kam diese Frau mit einem ungewöhnlichen Anliegen zu Udo: Eine neue Insassin hatte um Aufnahme ins Vorbereitungsteam gebeten. „Warum nicht? Sie kann gerne dazukommen", meinte Udo. Doch die Pfarrerin fügte an: „Ich wollte dich vorher informieren, dass sie eine besonders schwere Straftat begangen hat. Sie ist eine Kindsmörderin. Sie hat ihre eigene Tochter umgebracht." – „Was???" Udo war entsetzt. Sein eigenes Kind ermorden, wie konnte ein Mensch zu so etwas fähig sein? Solche Leute sollte man umbringen, war Udos Meinung, sie hatten ihr Recht auf Leben verwirkt. Udo selbst fühlte sich als „netter Krimineller", der niemandem unnötigerweise etwas zuleide getan hatte. In seinen Augen war er ein anständiger Mensch. Und er, der harmlose Gauner, sollte sich mit einer Kindsmörderin unterhalten? Neben ihr sitzen? So tun, als sei sie völlig normal? Unmöglich!

„Wie schaffst du es denn, ruhig mit dieser Frau zu reden? Du bist doch selbst Mutter", fragte er die Pfarrerin, nachdem er den ersten Schrecken verdaut hatte. „Ich versuche, zwischen der Tat und dem Menschen zu unterscheiden", erklärte ihm die Geistliche. „Krass, so etwas könnte ich nicht!", meinte Udo. Er war wirklich beeindruckt. Diese Haltung der Vergebung war nur mit Hilfe von oben möglich, davon war er überzeugt. „Nun gut", sagte er nach längerer Überlegung. „Ich bin einverstanden, die Frau kann zu uns kommen. Ich werde dafür sorgen, dass die anderen sie in Ruhe lassen."

Mit großer Spannung erwartete Udo das nächste Vorbereitungstreffen. Tatsächlich war die Frau ganz anders, als Udo erwartet hatte. Keine Bestie, sondern eine etwas schüchterne, ganz normale Frau. Sie war zum Selbstschutz in erschwerter Einzelhaft untergebracht, denn Kindsmörder und Kinderschänder werden von den anderen Gefängnisinsassen oft grausam zugerichtet. Ein paar Mal war auch Udo bei solchen Aktionen mit dabei gewesen. Jetzt unterhielt er sich mit dieser Frau, und mit der Zeit freundeten sich die beiden sogar an. Udo merkte, dass er es nicht seiner eigenen Anständigkeit zu verdanken hatte, dass er nicht noch tiefer gesunken und zum Mörder geworden war. Er war schuldig vor Gott, genauso wie diese Frau. Auch vor seiner Tür war jede Menge Dreck, den er selbst nicht wegfegen konnte. Im Prinzip standen sie alle auf derselben Stufe: er, der Einbrecher, die Kindsmörderin und auch die Pfarrerin. Keiner von ihnen hatte das Recht, den ersten Stein auf jemand anderen zu werfen. Sie waren alle sündige Menschen, schuldig geworden vor einem heiligen Gott und angewiesen auf seine Gnade und Vergebung. Dass Udo zu dieser Erkenntnis kam und oft unter Tränen in seiner Zelle betete, sah er als Gottes zweites deutliches Wirken in seinem Leben an.

FINDEN

Udos Entlassung im Frühling 2015 war anders als die vorherigen: Sein Vorsatz war nun nicht länger, sich beim nächsten Mal nicht wieder erwischen zu lassen, sondern keine neuen Straftaten mehr zu begehen. Sein Leben sollte mit Gottes Hilfe wirklich anders werden.

Ein weiterer Unterschied war, dass diesmal jemand in der Freiheit auf ihn wartete, nämlich eine hübsche Italienerin namens Ela. Udo hatte sie während seiner Haft über eine Dating-App kennengelernt. Ela war anders als die vielen Frauen, mit denen er vorher zusammen gewesen war. Schnell hatte Udo realisiert, dass Elas Anderssein mit ihrem christlichen Glauben zu tun hatte. Zu seinem 50. Geburtstag hatte sie ihm eine Bibel geschenkt, und Udo las immer wieder darin. Im Knast hatte man in unzähligen Therapiesitzungen versucht, ihm die normalen Werte einer funktionierenden Gesellschaft beizubringen, doch ohne Erfolg. Jetzt hatte er selbst den Wunsch, anders zu werden, schon allein um Elas willen. Zugleich ahnte er, wie schwer das sein würde, denn sein innerer Drang nach schnellem Geld und harten Drogen war immer noch stark.

„Du brauchst Jesus, Udo", sagte seine Freundin ihm immer wieder. „Nur er kann dein Herz verändern und dein Leben neu machen." Ein komplett neues Leben? Das klang fast zu schön, um wahr zu sein. „Aber wie kann Jesus jemanden annehmen wie mich? Jemanden, der so viel Dreck am Stecken hat?" Diese Frage bewegte Udo. Er realisierte immer mehr, wie viel Leid er anderen Menschen zugefügt hatte, wie viele wegen ihm verängstigt und seelisch verletzt waren. War es vielleicht zu spät für ihn? Doch Ela versicherte ihm immer wieder: „Jesus hat am Kreuz auch für deine Sünden die Strafe getragen. Wenn du daran glaubst und ihm dein Leben gibst, dann vergibt dir Gott. Es ist noch nicht zu spät, Udo. Es gibt einen Weg zurück."

Ähnliche Worte hatte auch die Pfarrerin im Gefängnis gebraucht. Udo verstand immer mehr von der christlichen Botschaft. Er las weiter in seiner Bibel, hörte Predigten und ging mit Ela in den Gottesdienst ihrer Gemeinde. Eine ganz neue Welt tat sich ihm auf. Und irgendwann gab er sein Leben Jesus Christus, dem Mann am Kreuz, der ihn mit unvorstellbarer Liebe liebte und schon lange seine Arme nach ihm ausgestreckt hatte. „Jesus, ich bitte dich, vergib mir meine Schuld. Es tut mir leid, dass ich so lange nichts von dir wissen wollte. Aber jetzt bitte ich dich: Komm du in mein Leben", betete Udo. In diesem Moment kam der verlorene Sohn endlich nach Hause.

Nachdem Udo sein Leben Jesus Christus anvertraut hatte, war es ihm ein großes Anliegen, sich mit den Menschen zu versöhnen, denen er Böses getan hatte. In vielen Fällen erwies sich das als unmöglich, aber er konnte sogar seine alt gewordenen Pflegeeltern um Vergebung bitten. Sein Vater, der in all den Jahren den Kontakt zu ihm gehalten hatte, nahm ihn sofort in die Arme, doch seine Mutter wendete sich ab. Dem Sohn vergeben, der ihr Leben so unglücklich gemacht hatte? Niemals! Einmal kniete Udo sich weinend vor sie: „Vergib mir, Mama. Ich denke, du glaubst auch an den lieben Gott. Vergib mir nicht nur für mich, sondern auch um deiner selbst willen!" Doch Renate wollte nicht. Einige Jahre später starb sie, verbittert und vom Leben enttäuscht. Udo wurde nach ihrem Wunsch nicht einmal zur Beerdigung eingeladen.

In dem Moment, als Udo zu Gott umkehrte, änderte sich alles: Seine Schuld wurde vergeben, Gott schenkte ihm ewiges Leben, und er bekam den Heiligen Geist. Das bedeutete aber nicht, dass auf einen Schlag alle seine Probleme gelöst gewesen wären, ganz im Gegenteil.

So wie sich Udos Aussehen bei seiner Bekehrung nicht plötzlich änderte, so waren auch seine Denkmuster und Gewohnheiten noch immer dieselben. Es fiel ihm schwer, nicht nur an sich selbst zu denken, sondern sich in andere hineinzuversetzen. Es war ungewohnt für ihn, jeden Morgen früh aufzustehen und einer geregelten Arbeit nachzugehen. Eine Zeit lang schuftete er bei einem Abbruchunternehmen für zwölf Euro die Stunde. Als er einmal seinen Vater im Krankenhaus besuchte und ein Arzt ins Zimmer kam, sagte sein Vater traurig: „Arzt hättest du auch werden können, Udo. Doch jetzt musst du dich für einen Hungerlohn kaputt arbeiten." – „Lieber Abbruch als Einbruch, Papa", meinte Udo daraufhin lächelnd.

Doch das war leichter gesagt als getan. Als die Beziehung zu Ela zerbrach, gab es einen Rückfall in Kriminalität, Drogen und Spielsucht. Und doch war seit Udos Hinwendung zu Gott alles anders. Denn nun lebte in ihm eine Macht, die nicht zuließ, dass er wieder in seinem alten Leben heimisch wurde. Nach seiner Straftat ließ ihm sein Gewissen keine Ruhe, bis er die Sache wieder in Ordnung gebracht hatte.

Udo war so dankbar, nicht allein kämpfen zu müssen. Er wusste, dass ein allmächtiger Vater an seiner Seite stand, der ihm half, Schritt für Schritt, auch mithilfe einer weiteren Therapie, ein neues Leben aufzubauen. Und dieser himmlische Vater tat erstaunliche Wunder für seinen Sohn.

WACHSEN

„Wir suchen einen Hausmeister für diesen Wohnblock, 228 Wohnungen, 450 Bewohner. Einen zuverlässigen Mann, der überall nach dem Rechten schaut, die Anlage in Ordnung hält, kleine Reparaturen erledigt, Handwerker bestellt und zwischen Bewohnern vermittelt. Das könnten Sie doch?" Udo rutschte unruhig auf seinem Stuhl hin und her. „Sie wissen, wer ich bin, oder? Sie kennen meine Vergangenheit?" – „Ja, das tun wir. Aber wir würden uns trotzdem freuen, wenn Sie den Job übernehmen könnten."

Es war wie im Traum, als Udo den Arbeitsvertrag unterzeichnete und die Schlüssel der Anlage überreicht bekam. Ihm, der sich Zutritt zu fremden Wohnungen verschafft hatte, vertraute man den Zugang zu einem ganzen Wohnblock an! Er, der wusste, was man mit einem langen Schraubenzieher und einem Brecheisen alles anstellen kann, hatte nun eine gut eingerichtete Werkstatt zur freien Verfügung! Das alles konnte nur Gott bewirkt haben.

Der Hausmeisterjob war für Udo ein großes Wunder und das Beste, was ihm passieren konnte.

Bis heute liebt er die Vielseitigkeit dieser Arbeit, die Kontakte zu den unterschiedlichsten Menschen und die Möglichkeit, sich nützlich zu machen. Mal einen jungen Kerl beiseitezunehmen und ihm unter vier Augen zu sagen, dass ein Leben mit Kriminalität und Drogen nicht das hält, was es verspricht. Oder einem älteren Bewohner beim Einkaufen behilflich zu sein. Oder einfach aufzupassen, dass der Fahrradkeller abgeschlossen ist und nichts gestohlen wird. Seine Arbeit gibt Udo das Gefühl, ein klein wenig von dem wiedergutmachen zu können, was er anderen angetan hat.

Wenn Udo mal seine Ruhe braucht und das Wetter gut ist, zieht er sich auf seinen Lieblingsplatz zurück: das Flachdach des Hochhauses. Hier ist er ganz allein, denn nur er hat den Schlüssel. Die Aussicht aus 46 Metern Höhe ist gigantisch, die Autos und Menschen sehen von hier oben klein und unbedeutend aus. Wenn man den Kopf in den Nacken legt, sieht man über sich nur die unendliche Weite des Himmels, sonst nichts. Hier oben, weit weg vom Alltagsgeschehen, kann Udo ungestört nachdenken, beten und Gott sein Herz ausschütten.

Diese Momente mit Gott allein auf dem Flachdach sind in Udos Leben etwas sehr Wichtiges. Aber sie sind nicht alles, denn er weiß, dass Christsein kein Einzelkämpferdasein ist. Wer Jesus nachfolgen will, der braucht nicht nur regelmäßige Zeiten mit Gott allein, sondern auch Gemeinschaft mit Gleichgesinnten. Deshalb besucht Udo die Gottesdienste einer christlichen Gemeinde und ist Teil eines Hauskreises. Hier sitzt man jeden Dienstagabend in kleiner Runde zusammen, liest einen Bibeltext, tauscht sich aus und betet gemeinsam. Man nimmt Anteil am Leben des anderen und ermutigt sich gegenseitig.

Zu Udos Hauskreis gehören die unterschiedlichsten Leute, darunter auch ein Oberkommissar. Udo war nervös, als er das erste Mal an seiner Haustür klingelte. Der Oberkommissar öffnete, begrüßte den neuen Gast freundlich und bat ihn herein. Udo sagte nur kopfschüttelnd: „Ich kann gar nicht glauben, was ich hier tue! Zu einem Polizisten ins Haus gehen. Unfassbar!"

Doch es war schon immer so, dass der Glaube an Gott die verschiedensten Menschen vereint. Zu den zwölf Jüngern Jesu gehörte ein Zöllner, also jemand, der mit der damaligen Besatzungsmacht zusammenarbeitete. Aber da war auch ein Freiheitskämpfer, der naturgemäß jeden Zöllner aus tiefstem Herzen verabscheute. Dazu berief Jesus viele einfache Fischer, die mit politischen Fragen wenig am Hut hatten. Manche Jünger waren von ihrem Typ her draufgängerisch und redegewandt, andere schüchtern und zurückhaltend. Doch alle diese Unterschiede traten in den Hintergrund angesichts der großen Gemeinsamkeit, die sie vereinte: Sie alle gehörten zu Jesus und folgten ihm nach.

Genau dasselbe erlebte Udo nun auch. Der gefürchtete Kommissar entpuppte sich als ein ganz normaler Mann, ja, noch mehr, sogar als ein lieber

Bruder im Glauben. Dessen demenzkranke Mutter und Udo hatten viel Spaß miteinander. Und da sind die Kinder, die oft beim Hauskreis mit dabei sind und den Neuen mit dem breiten Oberkörper und dem Ring im Ohr schnell lieb gewonnen haben. Wenn Udo diese Kinder sieht, dann muss er manchmal wehmütig denken: „Das wäre was, noch einmal ganz von vorne beginnen zu können. Eine gläubige Frau zu heiraten, eine christliche Familie zu gründen ..." Doch die Zeit lässt sich nicht zurückdrehen. Umso mehr genießt Udo es, dass er heute Teil der Familie Gottes sein darf.

Udo weiß aus der Bibel, dass Gott ihm alle Schuld vergeben hat. Trotzdem fällt es ihm nicht leicht, mit den vielen quälenden Erinnerungen an seine dunkle Vergangenheit fertigzuwerden. Einzelne Szenen seines Lebens verfolgen ihn bis heute, auch wenn er seit einigen Jahren nicht mehr unter Albträumen leidet. Sehr schwer ist es für Udo auch, seinerseits denjenigen zu vergeben, die an ihm schuldig geworden sind.

So wie an jenem Abend, als er sich Kokain hatte holen wollen. Udo war mit seinem Auto nach der Übergabe der Drogen eine Straße weiter gefahren, um das Kokain direkt zu rauchen. Er hatte bereits

alle notwendigen Utensilien auf dem Armaturen-
brett ausgebreitet, als er plötzlich hinter sich Schein-
werfer aufleuchten sah: Polizei. Schnell versuchte Udo,
die Drogen zu verstecken, doch es war zu spät. Die
Polizisten beschlagnahmten alles, nahmen den jungen
Mann mit auf die Wache, setzten ihn auf einen Stuhl
und fesselten ihn mit Handschellen an die Lehne.
Einer der Beamten kam dicht an Udo heran und stellte
Fragen. Schnell merkte der, dass es nicht um ihn, den
kleinen Junkie, ging, sondern dass man die Hinter-
männer erwischen wollte. Jedes Mal, wenn Udo etwas
Falsches oder gar nichts sagte, schlug der Beamte ihn
mit der flachen Hand auf die Nase, immer genau auf
dieselbe Stelle. Udo heulte vor Wut. Wenn er doch nur
aufstehen und sich wehren könnte! Wenn er nur nicht
gefesselt wäre! Wieder ein Schlag. Udo bespuckte den
Polizisten, bekam den nächsten Schlag, insgesamt wohl
an die 30, bis seine Nase dick geschwollen war.

In den folgenden Jahren verschaffte es Udo eine
gewisse Befriedigung, sich auszumalen, was er diesem
Mann antun würde, sollte er ihn einmal zufällig
irgendwo treffen. Doch seitdem er Christ ist, weiß er,
dass Rache nicht richtig ist. Schließlich folgt er Jesus
Christus nach, der am Kreuz unter schrecklichsten
Schmerzen für seine Peiniger betete und seinen
Vater um Vergebung für sie bat. Und das, obwohl er
selbst absolut unschuldig war. „Vielleicht würde ich
dem Kerl heute nur noch fünf Schläge zurückgeben
wollen", denkt Udo manchmal. Und dann betet er:
„Hilf mir, ihm ganz zu vergeben, Herr."

Ja, Gott verändert unser Denken und schenkt Heilung von inneren Verletzungen. Aber – das alles braucht seine Zeit.

Im September 2019 bekam Udos Vater die Diagnose Lungenkrebs. Eine Chemo lehnte der 83-Jährige ab. Er kam in ein schönes Hospiz in Erftstadt-Liblar, wo Udo ihn mehrmals pro Woche besuchte. Auch Franz hatte inzwischen von einem rein formalen Christentum zu einem lebendigen, persönlichen Glauben an Gott gefunden. Er liebte es, mit seinem Adoptivsohn über die alten Zeiten zu plaudern.

„Weißt du noch, als du dich damals mit den Polizisten geprügelt hast? Und ich dich fast erschossen hätte?" – „Das ist schon lange vergessen, Papa. Es war ja auch die Hölle mit mir damals!" – „Tja, leicht hatten wir es nicht mit dir! Wahrhaftig nicht. Aber es gab auch so viel Schönes. Erinnerst du dich noch an das halb verkohlte Kaninchenbaby?" ...

Die Zeit verging immer schnell, wenn Vater und Sohn Erinnerungen austauschten. Es gab so viel, worüber man zusammen reden, lachen, beten und weinen konnte! Doch da waren auch noch viele Sorgen. Zu diesem Zeitpunkt hatte Udo seinen Hausmeisterjob noch nicht bekommen, und Franz hoffte inständig, dass sein Sohn auf dem guten Weg bleiben würde, den er eingeschlagen hatte.

Es war einige Monate später, an einem Donnerstag im April 2020, als Franz spürte, dass es mit ihm zu Ende ging. Er rief seinen Sohn an: „Ich wollte einfach noch mal mit dir reden, deine Stimme hören, Udo." – „Papa, ich komm dich doch übermorgen besuchen. Dann sehen wir uns." – „Mag sein, Udo. Bleib in der Spur, Junge. Ich hab dich lieb." Das waren die letzten Worte, die Udo von seinem Vater hörte, denn am Freitagabend, gleich nach dem Abendbrot, schloss Franz für immer die Augen.

Als Udo die Nachricht vom Tod seines Adoptivvaters bekam, fuhr er so schnell wie möglich ins Hospiz. Franz lag in seinem Bett, das Gesicht ganz friedlich und entspannt. Es sah aus, als würde er schlafen; seine faltigen Hände lagen ruhig auf der Bettdecke. Udo wollte sie streicheln und zuckte unwillkürlich zusammen, als er spürte, wie kalt sie waren. Behutsam legte er die Hände seines Vaters unter die wärmende Decke.

Als er nach Hause fuhr, wurde ihm schmerzlich der enorme Verlust deutlich, den er erlitten hatte. Sein Vater, der ihn immer geliebt und zu ihm gehalten hatte, war nicht mehr da. „Bleib in der Spur, Junge. Ich hab dich lieb." Diese Worte vergaß Udo niemals. Sie waren wie ein Vermächtnis für ihn.

Udo war gerade damit beschäftigt, die Hecke des Hochhauses zu schneiden, als ein Auto mit quietschenden Reifen auf den Parkplatz fuhr und dort zum Stehen kam. Ein Mann sprang heraus, kletterte in Windeseile über den Zaun und war verschwunden. Nur Sekunden später kam der Streifenwagen. Mit noch laufendem Motor hielt er neben dem Auto an, und zwei Polizisten rannten auf Udo zu. „Haben Sie den Fahrer dieses Wagens gesehen? Wie sah er aus? Wo ist er hin?" Udo wollte gerade intuitiv „sehr groß und blond" rufen und in die falsche Richtung zeigen. Aber dann sagte er doch wahrheitsgemäß: „Mann Mitte 20, ca. einen Meter 70 groß, dunkles T-Shirt, dunkle Haare. Da ist er lang." Einer der Beamten tippte sich zum Dank kurz an die Stirn, bevor er und sein Kollege ebenfalls hinter dem Zaun verschwanden. Udo wandte sich in aller Ruhe wieder seiner Hecke zu. Das kurze Gefühl, einen Kumpel verraten zu haben, war weg. Er hatte die Seite gewechselt. Endgültig.

DRANBLEIBEN

„Schicke einen Suchtkranken in die Wüste, er wird die einzige Oase finden!" Udo kennt diesen Spruch. Er ist sich bewusst, dass er sein Leben lang damit konfrontiert sein wird, dem Verlangen nach Drogen und Alkohol zu widerstehen – sei es nach Enttäuschungen oder sogar als Belohnung in Zeiten des Erfolgs. Udo weiß, dass seine einzige Chance für eine glückliche Zukunft darin liegt, nah bei Jesus zu sein. Immer wieder bittet er ihn um Kraft und Hilfe. Dazu zieht er sich gern in seine Werkstatt zurück, die er auch seinen „War Room" nennt. Hier finden tatsächlich Kämpfe statt – keine körperlichen, sondern seelisch-geistige. Auf einen Gebetszettel, der mit vielen Kreuzen verziert ist, hat Udo seine wichtigsten Anliegen geschrieben:

- Befreiung von Fesseln und Ketten
- Verarbeitung der Erfahrung der Adoption und der damit verbundenen Enttäuschungen, die ich durch Lügen, Gewalt und Manipulation zum Ausdruck brachte

- Bewahrung davor, keine Grenzen zu akzeptieren und andere Menschen nur als Mittel zum Zweck zu sehen

Und weitere Anliegen mehr.

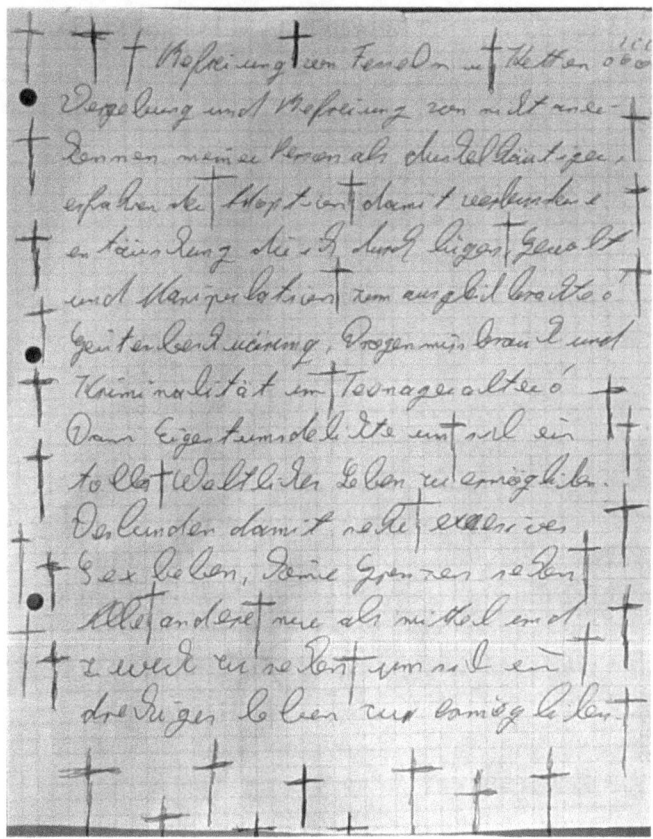

Wenn ein Mensch betet, dann wirkt Gott. „Denn die Augen des Herrn sehen auf die Gerechten, und seine Ohren hören auf ihr Flehen." Udo hat erlebt, dass dieser Bibelvers aus 1. Petrus 3,12 stimmt. Voller Dankbarkeit und Staunen sieht er, was für Wunder Gott in seinem Leben bereits getan hat: Er darf ein Kind Gottes sein. Trotz vieler Jahre Drogenkonsum hat er seinen Verstand und sein Einfühlungsvermögen nicht verloren. Seine Hepatitis C ist geheilt. Jemand hat ihm einen zinslosen Kredit gewährt, den er inzwischen vollständig zurückzahlen konnte. Seine Bewährung ist abgelaufen, seine Schulden sind bezahlt, er ist körperlich gesund und psychisch stabil. Er hat eine Arbeit, die ihm Freude macht. Er darf die Liebe seiner Glaubensgeschwister genießen. Und er kann selbst eine Hilfe für andere sein, sei es in der christlichen Obdachlosenarbeit, bei der er manchmal mithilft, oder wenn er anderen seine Geschichte erzählt.

Udos neues Leben ist nicht ohne Probleme, denn noch immer gibt es Einsamkeit, Enttäuschung, quälende Erinnerungen und neue Schuld. Nach wie vor ringt er mit den Verhaltensmustern seiner Vergangenheit, raucht eine Zigarette nach der anderen. Der Kampf um sexuelle Reinheit ist hart. Aber um nichts in der Welt möchte Udo zurück. Zu deutlich hat er am eigenen Leib erfahren, dass ein Leben ohne Gott auf Dauer niemals glücklich machen kann.

Der Mitarbeiter des WDR staunt nicht schlecht, als Udo ihm seine Bibel zeigt: „Hier steht es: ‚Wandelt würdig der Berufung, mit der ihr berufen worden seid.' Also, wenn du dich für Jesus entschieden hast, dann musst du das auch so leben! Und so geht der Vers weiter: ‚In aller Demut und Sanftmut, einander in Liebe ertragend.' Also demütig sein, freundlich sein, seine Feinde lieben. Ich weiß nicht, wie es dir geht, aber mich berührt das!"

Der Mann nickt etwas hilflos. Es kommt sicher nicht oft vor, dass ihm jemand aus der Bibel vorliest. Und dann tut es ausgerechnet ein ehemaliger Krimineller! Doch die Szene wird in die Dokumentation mit aufgenommen, die einige Wochen später im Fernsehen erscheint. Eigentlich sollte es eine Reportage darüber werden, wie die vielen Menschen der unterschiedlichsten Kulturen, die in Udos Hochhaus wohnen, mit den Corona-Lockdowns klarkommen. Doch als die Produzentin den engagierten Hausmeister kennenlernt, ändert sie ihren Plan und bringt stattdessen eine Reportage über Udos Leben: „Menschen hautnah: Der Einbrecher und das Hochhaus - ein Neuanfang."

Ja, Udos Lebensgeschichte berührt Menschen. Sie zeigt, dass es niemals zu spät ist, zu Gott umzukehren. Sie macht deutlich, dass ein Neuanfang möglich ist. Was so ist, muss nicht so bleiben. Nicht umsonst heißt „Jesus" übersetzt „Retter". Jesus möchte uns retten von unserer Schuld, unserer Gottesferne, unserer ewigen Verlorenheit. Und er will uns helfen, ein Leben zu Gottes Ehre und zum Wohl für uns selbst und unsere

Mitmenschen zu leben. Die rettende Hand ist ausgestreckt und wartet darauf, ergriffen zu werden. Wie reagierst du auf dieses Angebot?

FÜNF SCHRITTE ZU EINEM NEUEN LEBEN

Wenn Sie wissen wollen, wie man ein Leben mit Jesus Christus beginnt, nennen wir Ihnen fünf Schritte zu einem neuen Leben:

1 Beten Sie zu Jesus Christus. Sie können ganz einfach mit ihm reden. Er versteht und liebt Sie (Matthäus 11,28).

2 Bekennen Sie ihm, dass Sie bisher ohne Gott gelebt haben. Erkennen Sie an, dass Sie ein Sünder sind, und bekennen ihm dies als Ihre Schuld. Sie können ihm alle konkreten Sünden nennen, die Ihnen bewusst sind (1. Johannes 1,9).

3 Bitten Sie Jesus Christus, als Herr und Gott in Ihr Leben einzukehren. Vertrauen und glauben Sie ihm von ganzem Herzen. Wenn Sie sich so Jesus Christus als Herrscher anvertrauen, macht er Sie zu einem Kind Gottes (Johannes 1,12).

4 Danken Sie Jesus Christus, dem Sohn Gottes, dass er für Ihre Sünde am Kreuz gestorben ist. Danken Sie ihm, dass er Sie aus Ihrem sündigen Zustand erlöst hat und jede einzelne Sünde vergeben wird (Kolosser 1,14). Reden Sie jeden Tag mit ihm im Gebet und danken Sie ihm für Ihre Gotteskindschaft.

5 Bitten Sie Jesus Christus als Herrn, die Führung in Ihrem Leben zu übernehmen. Suchen Sie den täglichen Kontakt mit ihm durch Bibellesen und Gebet. Der Kontakt mit anderen Christen hilft, als Christ zu wachsen. Jesus Christus wird Ihnen Kraft und Mut zur Nachfolge geben.

Dieter Hesse / Hartmut Jaeger / Thomas Kleine
Vom Blitz getroffen
Zwei Männer im Gewitter –
Eine wahre Geschichte über Leben und Tod

Pb., 128 S., 12 × 18,7 cm
Best.-Nr. 271920
ISBN 978-3-86353-920-7

Zwei Männer werden vom Blitz getroffen; der eine verstirbt, der andere überlebt. Dieses bewegende Buch nimmt Stellung zu der Frage nach dem Leid. „Warum macht Gott so was?", fragt ein kleiner Junge anlässlich der Beerdigung von Daniel Hoberg. Dieses schreckliche Ereignis löst die rätselhafteste aller Fragen unseres Menschseins aus: Warum muss der Mensch leiden? Wie kann ein liebender und allmächtiger Gott so viel Leid zulassen? In den Erlebnisberichten und Dokumenten zu dem schrecklichen Ereignis inkl. Traueransprache wird deutlich: Wer glaubt, ist besser dran im Leid und gewinnt sogar eine Perspektive über das Leid hinaus.

Liane Vedder-Proksch (Hg.)
Gott befreit von Süchten
Erlebnisberichte

Tb., 96 S., 11 × 18 cm
Best.-Nr. 271933
ISBN 978-3-86353-933-7

Eine Sucht kann aus ruhigen, liebenswerten Menschen ge-
waltbereite und enthemmte Personen machen; sie treibt tiefe
Wunden in die Herzen der Angehörigen, führt dazu, dass Fa-
milien zerbrechen und die Betroffenen oft alles verlieren. Allein schaffen sie es oft nicht, diesem Teufelskreis zu entfliegen.
Doch die Kurzzeugnisse in diesem Buch zeigen, dass Jesus
Christus stärker ist und auch die schlimmste Suchterkrankung
heilen kann!

John Meador
Comeback
Rückschläge und Enttäuschungen überwinden

Pb., 192 S., 13,5 × 20,5 cm
Best.-Nr. 271894
ISBN 978-3-86353-894-1

Wir alle erleben Rückschläge und Enttäuschungen im Leben. Unternehmen gehen Konkurs, Beziehungen scheitern, Entmutigung und Zweifel machen sich breit, und die Umstände überfordern uns immer mehr. Dieses Buch zeigt anhand von neun erstaunlichen „Comeback-Geschichten" der Bibel, wie Gott alles Nötige gibt, damit wir schwierige Rückschläge überwinden können.

Die Geschichten von Mose, David, Abigail, Esther, Joseph, Jona, Elia, Hiskia und Petrus zeigen nicht nur, wie Menschen Notlagen durch einfachen Mut überwinden können, sondern auch, wie Gott in allen Dingen zum Wohl derer wirkt, die ihn lieben. Der Leser bekommt so eine neue Perspektive auf seine Kämpfe und wird ermutigt, Gott in solchen Situationen zu vertrauen. Ein Mut machendes Buch für alle, die nach Antworten auf die Herausforderungen des Lebens suchen, und eine hilfreiche Ideen-Fundgrube für Mitarbeiter und Älteste, um anderen beizustehen.

Chris Morphew
**Wer bin ich –
und warum bin ich wertvoll?**
Band 1 aus der „Große-Fragen"-Reihe

Tb., 112 S., 11 × 18 cm
Best.-Nr. 271868
ISBN 978-3-86353-868-2

Früher oder später stellt jeder die großen Fragen über sich selbst und über den Glauben: Wer bin ich? Wo gehöre ich hin? Bin ich gut genug? Was denken die Leute von mir? Was hält Gott von mir? Chris Morphew, Lehrer und Schulseelsorger, zeigt in diesem warmherzigen, einfühlsamen Buch für Jugendliche, Teens und junge Erwachsene, wie sie ihre Identität als von Gott geliebte und nach seinem Bild geschaffene Menschen annehmen und genießen können.

Chris Morphew
Wie kann ich Gott erleben?
Band 2 aus der „Große-Fragen"-Reihe

Tb., 112 S., 11 × 18 cm
Best.-Nr. 271965
ISBN 978-3-86353-965-8

Früher oder später stellen Kids große Fragen über sich selbst und ihren Glauben: Wenn Gott real ist, warum fühlt er sich dann nicht real an? Was kann ich tun, um ihm nahe zu sein? Wie sieht eine Beziehung zu Jesus eigentlich aus? Was ist, wenn der Gottesdienst und das Bibellesen langweilig erscheinen? Chris Morphew beantwortet die großen Fragen von Kindern und Jugendlichen. In diesem unterhaltsamen Buch zeigt er, wie sie in ihrer Beziehung zu Gott wachsen können, und zwar durch ganz gewöhnliche und doch kraftvolle Gewohnheiten der täglichen Nachfolge: Gebet, Bibellesen, Gemeinschaft und Ruhe. Durch lebendig erzählte Geschichten wird jungen Lesern geholfen, einen lebendigen und lebensverändernden Glauben zu entwickeln und Tag für Tag mit Jesus zu gehen.